心を強くする

サーシャ・バイン 著
高見浩 訳

「世界一のメンタル」50のルール

飛鳥新社

成　功　な　ん　か　、怖《こわ》　く　な　い　。

2018年8月ウェスタン・アンド・サザン・オープンにて、コート上の著者と大坂なおみ

2018年11月ニューヨークにて、USオープン優勝トロフィーを手にする大坂なおみと、
WTA最優秀コーチ賞のトロフィーを手にする著者の特別な記念写真

だれかの役に
立っているときが、いちばん幸せ。
この本で、あなたの
お手伝いもできたら嬉しい。

2012年ロンドン五輪、チームUSAと。
著者の左隣にビーナス・ウィリアムズ、右隣にセリーナ・ウィリアムズ

心を強くする

はじめに

この本を読むことで、人生へのあなたの理解がすこしでも深まってくれますように。

大坂なおみ、セリーナ・ウィリアムズをはじめ第一級のテニスプレイヤーたちと組んできた体験から、自分という人間はだれかの役に立っているときがいちばん幸せなのだ、ということを私は覚《さと》った。

ここに記した50項目を読んで、生きていくことにあなたが自信を深め、人生のどんな苦難にも立ち向かう意欲を養ってもらえれば、こんなに嬉《うれ》しいことはない。

自分が何者で、どんな能力を持ち、何をなしとげたいと願っているのかを知れば、あなたはもはや将来を恐《おそ》れることもなく、人生に背を向けることもないはずだ。人生は新しい顔をあなたに見せてくれるだろうから。

テニスツアーのコーチとして長年働いた体験から、私もそれなりに学んだことがある。

それを、この本であなたと分かち合いたいと思う。

あなたが有名なテニスプレイヤーであろうと、ビジネスマンであろうと、まだ学業に励んでいる学生であろうと、人間であることに変わりはない。私たちはみな同じように考え、同じように人生を乗り切ろうとしているのだから。

あなたが有名であろうとなかろうと、リッチだろうと一文無しだろうと、心が痛むときは痛む。肌の色、性別、宗教と関係なく、人生の悲喜はみな同じように訪れる。だから私は、なおみやセリーナや他のプレイヤーたちに与えたアドバイスが、あなたにも役立つのではないかと願っている。

大切なのはあなた――あなたが最高の人生を切り拓《ひら》くお手伝いを、ぜひさせてほしい。

サーシャ・バイン

目次

1章 心は強くなる

2章 プレッシャーもストレスも手なづける

3章 感情の力を使う

4章 勝ち続ける

5章 人生も「心の力」で動かせる

1章

心は強くなる

01 「すべてが願い通りには進まない」と最初にあきらめておく

テニスのコーチをしていて、いちばんつらいのは何か？　観客席で試合を観なければならないことだ。ただ座っているだけで、手も足も出ないのはなんともやりきれない。

将来有望な選手が夢を実現するのを手助けする――それがコーチの仕事だが、試合中、観客席にいて何もしてやれないとなると、欲求不満もいいところで、コートで教えるときの何倍もの歯がゆさを覚えることが珍しくない。

だが、そんな私も、この世には自分の力ではどうにもならないことがあるのだという真理を、いまでは受け容《い》れている。さもないと、平常心を保てないからである。

強いメンタルを手に入れるにはどうすればいいか。

大切なのは、「この世には自分の力では左右できないことがあるという事実を認めるここと」だろう。それを認めさえすれば、新たに前進するパワーが生まれてくる。が、それを認められないと、つい感情に流されてしまい、判断力に曇《くも》りが生じて、気も散ってしまう。その結果、「自分のいちばんすべきこと」を見失ってしまう。

自分の力では左右できないことに直面したら、それをすんなりと認めてしまったほうがいい。たとえば、相手がどう考え、それをどう行動に移そうとしているか、それを左右することなど、所詮《しょせん》できるはずもない。

なおみにも言ったことがある。

「これから長いキャリアを積み重ねていくなかで、いつか次々とウィナー（ラリー中に、相手にボールを触れさせずに決めるショット）を決められて、手も足も出ないようなケースに直面することもあるだろう。そんなときは、相手がたまたま絶好調なだけで、自分が悪いわけではないんだと思えばいい」

2019年の全豪オープンでは、世界ランク1位の座を目指して名だたる女子プレイヤーが熱戦をくり広げることになっていた。

なおみが勝ち抜くための最善のシナリオは何か。それを実現するにはどうすればいいか。トーナメント開始に先立つ数日間、私は、ああでもない、こうでもない、と最適の解を求める数学者のように頭を絞っていた。なおみは初めて世界ランク1位の座に就《つ》くチャンスを握っていたのだが、他の選手たちのプレイにも左右される。数日間というもの、相手がこう出たらどうする、ああ出たらどうする、と考えあぐねた末に、私はこう決断した――そんなことで頭を悩ませてどうなる。自分はただ、なおみが勝ちつづけるように力を貸せばいいんだ。それ以外のことは一切考えるな。他のプレイヤーたちがどう出るか、など考えることはない。

なおみにはナンバーワンになれる確率がどれくらいあるか。そんなことなど一切話さなかった。話したところで何の助けにもならなかったから。

自分はただ自分に可能なことだけを考えればいい。私は自分にそう言いつづけた。最初から自分がコントロールできないことについてあれこれ悩んだところで、どうしようもない。結局、私は、なおみが最善のウォームアップができるように、最善の練習ができるように、最善の準備ができるように、ただそれだけに集中した。

「大丈夫、なおみは勝ちつづけるさ」

私は自分に言い聞かせた。

「最善を尽くして、後は運を天に任せよう」

2週間にわたるトーナメントが終わったとき、なおみは全豪オープンのチャンピオンと世界ランク1位の座を、共に手中にしていた。

MEMO

自分の力で左右できることには限りがある。他者の出方、能力について思い悩むのは時間の無駄。その事実を受け容れてしまえば、その場の感情に流されることもなく、集中力が途切れることもない。

大きな野心がなければ戦えない。小さな目標がなければ勝てない

02

成功への道は、野望の階段でもある。

ところが、テニスプレイヤーを含めて、熱くたぎるような野望に燃える者は意外にすくないものだ。あるとき、なおみに訊《き》いたことがある。

「女子トーナメントの参加者の中で、絶対にグランドスラムを獲《と》るという自信を持っているプレイヤーは、何人くらいいると思う？　トップテンの連中なんか、口ではみんな自分が勝つと公言するんだけど、本気でそう信じている連中って、どれくらいいるかな？」

本当のところ、128名のトーナメント参加者中、心から自分の勝利を信じている者は数えるほどしかいない。私はそう思っている。

たいていのプレイヤーは、準々決勝、あるいは準決勝にたどり着けただけで満足してしまう。「このグランドスラムはわたしのもの」と必勝を期しているプレイヤーはごくすく

ない。燃えるような野心、成功への渇望《かつぼう》に胸をうずかせている者は本当にすくないのだ。最初のショットを打つ前から弱気になってしまうプレイヤーのなんと多いことか。

自分は本当に勝利への野心を抱《いだ》いているかどうか、一度、正直に自分を見つめ直すといい。ただ善戦するだけでよしとするのかどうか。2回戦や3回戦に進んだだけで、もうこれでいいい、と思ってしまうかどうか。

私自身は、過去どんなプレイヤーと組んでも、野心を抱きつづけた。タイトルを獲得しない限り満足できない。2017年にキャロライン・ウォズニアッキと組んだとき、彼女は決勝に8回進出し、シーズン最後のシンガポールでのトーナメントを含めて、タイトルを2度獲得した。セリーナ・ウィリアムズと組んで以降、私の期待度は一段と高まって、トロフィー獲得以外、もう眼中にない。

野心を抱いてこそ、成功はあなたのものになる。まず目標を設定し、その目標は必ず達成できると信じる。

もちろん、計画を立てることは必要だろう。だが、必ず達成するという決意がなければ、手順も決められない。2017年11月、なおみと組んだ当初から、この選手はメジャータイトルを獲得できると私は確信した。女子テニス界で最強と言ってもいいサーブ、それにあのフォアハンド。成功しないはずがない。なおみの目を見て、本人もそう確信していると直感した。私はただ、その野望の達成を実現するのに手を貸すだけでよかった。

ある壮大な野心を抱いたら、一気に山頂を目指すのではなく、毎日小さな目標をこなして、それを積み重ねていくほうが現実的だ。練習コートでは、たいてい二つか三つのテーマでなおみと練習を重ねた。で、ひと通り終えると、よくなおみにたずねた。

「どうだった、やりたいことは全部できたかい？　きょうやりとげたことで、満足できたかな？　最初の目標には届いたろうか？」

テニスに限らない。企業の経営者であろうと、成績をあげたい学生であろうと、つらいのは毎日の日課をこなすことではないだろうか。その場合、小さな目標を丹念にこなすことを心がければ、大目標の達成に結びつく。

一日、一日、こなすべき目標を明確に頭に刻む。そして、一日の終わりに、今日なしとげたことに満足できるかどうか、自問する。

その際、目標を適切なレベルに設定することも大切だ。あまり高望みすると、手も足も出なくて、かえってモチベーションを失うことにもなりかねない。現実的な考慮も、忘れないようにしよう。

重要なのは、自分のしていることを信じて、一心不乱に継続すること。一度はじめたら、最後まであきらめない。相手がなおみでも、別のプレイヤーでも、一度打ち合いをはじめたら、私はボールかごのボールが全部なくなるまでつづけた。かごにボールを残すことは一度もなかった。そうして最初の目標を達成したら、すぐ次の目標を設定する。努力目標には穴をあけないほうがいい。

2018年3月、なおみがパリバ・オープンで最初の女子ツアーのタイトルを獲得した数時間後、私たちは車で空港に向かっていた。そのとき、次のマイアミのトーナメントにおけるなおみの初戦の相手が決まったことを携帯で知らされた。セリーナ・ウィリアムズだった。そのときである、なおみはきっと特別な存在になるぞ、と確信できたのは。

さすがになおみは激戦の後で疲れていた。が、次の相手はセリーナだよ、と告げた瞬間、目をらんらんと輝かせて母親に電話した。

「ねえ、次のマイアミの1回戦の相手、だれだと思う、ママ?」

そばで聞いていて、なおみのママも大喜びしていることが感じとれた。つくづく思ったものである――こんな親子っているだろうか。1回戦の相手が強豪のセリーナと知って、大喜びするとは。他のプレイヤーだったら、パリバ・オープンの後なのだから、もっと楽な相手と戦いたがるだろうに。

他のプレイヤーだったら、胸中でぼやいたにちがいない。

「ツいてないわ、なんでセリーナなのよ？」

ところが、なおみはセリーナとの試合を切望していた。われわれはマイアミに飛び、たった1日の練習の後、なおみはセリーナを破ったのである。

パリバ・オープンを獲った後も、なおみの野望は薄れることもなく、ますます燃えさかっていった。それが全米オープン、全豪オープンとつづいていったのである。

MEMO

いまのあなたに満足しないで。日ごとの小さな目標を決め、一つひとつ達成していく。それを重ねていると、いつか大目標をなしとげられる。自分がやっていることを信じ、継続しよう。

03
渋谷の交差点でダンスを！ ペナルティより「罰ゲーム」でメンタルは伸びる

大坂なおみって、「お高くとまった女王様」なんだろうな、と思っていた時期がある。まだ一緒に組む前の頃のことだ。トーナメントの最中、なおみとすれちがうと、ぷいっと顔をそむけてしまう。こっちと目を合わせたくないんだな、と思った。

言葉を交わすなどもってのほか、きっとこっちを見下しているんだろう、という印象だった。

が、初めてまともに話し合ったとき、そんな印象は一瞬のうちに吹っ飛んでしまった。

なんだ、こんなに純真で、はにかみ屋の女の子だったのか！ すぐにジョークを交わし合う仲になって、彼女を「女王様」と思っていたことを打ち明けると、「なんで？ なんで？」となおみは笑い転げた。ごめん、ごめん、と私は答えたのだが、どうやらなおみは、私がセリーナのヒッティング・パートナーとして高く評価されていたのを見ていて、すこし気後《きおく》れしていたらしい。

私と組む前のなおみは、もっと内向的だったようだ。なおみ自身、そう打ち明けたことがある。

なおみ同様、自分はちょっと内気すぎる、みんなの前でもっと堂々としていたい、積極的に振舞《ふるま》いたい——そう思っている人がいたら、思い切って友人や家族の前でふざけ散らしたり、いっそ街頭で馬鹿なおふざけをしてみたりしたらどうだろう。きっと度胸がついて、人前でも物怖《ものお》じしない積極性を身につけられるのではないかと思う。

なおみと組んで間もない頃、彼女の内気なところがすこし気になった。他人の視線を気にしない度胸をもっと身につけたら、大観衆の前で戦う試合でも、堂々と自分を押しだせるだろう。

それで、「罰《ばっ》ゲーム」を提案してみたのである。「練習で勝ったほうが負けたほうに罰ゲームを科すことができる」——それが素晴らしい効果を発揮したのだった。

あるとき、ミニゲームでなおみに勝った私は、罰ゲームとして、東京、渋谷のスクランブル交差点でダンスをすること、をなおみに命じた。そしてなおみは、それを実行してみせたのだ！　何百人もの通行人が行き交う、有名な渋谷のスクランブル交差点で！
彼女に気づいた人はほとんどいなかったらしい。もしかして、と思った人も、まさか大坂なおみがこんなところでダンスをするはずはないと思ったにちがいない。実に愉快《ゆかい》な罰ゲームだった。それは同時に、たとえ他人にじろじろ見つめられようが、笑われようが、たいしたことはない、という大切な教訓をなおみに教えこんでくれたのだった。

あえて自分を恥ずかしい立場に置く——罰ゲームなどでそういう体験を重ねれば、他人にどう思われようと苦にしない度胸を身につけられる。人前に出るのを恐れたり、不必要に他人の視線を気にしたりする消極性は、そういう工夫で克服できるのではないだろうか。その種の「罰ゲーム」は、人前で堂々と振舞える積極性を獲得するための、ごく健全な手段だと思う。

そう、ときには人前で馬鹿な真似をして笑われたりするのも、いいことなのだ。あるとき、今度は私がミニゲームでなおみに負けて、罰ゲームをくらうことになった。言われた通りなおみに私の携帯を渡すと、彼女は私のツイッターのアカウントにこう書きこんでくれたものだ。「ああ、ジャスティン・ビーバーってなんて素敵なんだろう。ぼくはジャスティン・ビーバーが大好き」。もちろん、嘘《うそ》だ！

それから、こういうこともあった。フロリダのクリス・エバート・アカデミーでシーズン前のトレーニングをしていたときのこと。負けた私の罰ゲームは、別のコートに走っていってダンスをし、そこで練習しているプレイヤーの邪魔《じゃま》をすること、だった。もちろん、私は義務を果たした。日頃のプライドを捨て去って、自分を笑いものにできれば、周囲のみんなが喜んで、なごむことができる。

パリバ・オープンのタイトルを獲ったとき、なおみは観客に謝った。

「史上最悪の受賞スピーチでごめんなさい」

すると『GQ』誌がなおみのことを「テニス界で最高にクールなプレイヤー」と呼んだのだが、それを知ったなおみは、「本当は〝テニス界で最高にドジなプレイヤー〟だよね」と言ってのけた。

ずいぶん前、まだセリーナと組んでいた頃、セリーナのエージェントのジル・スモラーから、「おでぶサーシャ」というニックネームを頂戴《ちょうだい》したことがある。当時の私はかなり太っていたからだ。ちょっと情けないニックネームだが、すぐに周囲に広まってしまい、いまも私はテニス界でそう呼ばれることがある。これも勲章《くんしょう》の一つと私は受け流しているのだが。

たとえば映画とかボーカルグループとか本とかで共通の好みがある場合も、絆《きずな》を強めるのに役立つ。自分が好きなものについて語るとき、人は日頃の鎧《よろい》を捨て去って、子供のように無邪気《むじゃき》になれるからだ。

だれか新しいプレイヤーと組むときは、絆を強めるための一環として、何か共通の趣味なり好みなりがないかどうか、さぐることにしている。

なおみの場合は、かなりの恥ずかしがり屋だったから、さぐりを入れるのが難しかった。けれどもそのうち、なおみが日本のアニメ『デスノート』にハマっているのがわかった。

で、私もそれを見はじめたのだが、最初は、かなり奇怪で殺伐《さつばつ》としたストーリー展開に驚いた。でも、それを見た翌朝はなおみと感想を語り合える。互いの感想を話し合っているうちに親愛感も生まれ、信頼にもとずく絆もしだいに深まっていった。実は私も、『デスノート』を何度も見ているうちに、すっかりハマってしまったのだが。

スポーツでも、音楽でも、テレビゲームでもいい、何か自分の好きなもの、得意なものを見つけておくと、のちのち交際の輪を広げるのに役立つものだ。
何か重要なプレゼンや会議が近づいてきて、人前で話す不安が胸中に湧《わ》いてきたら、思い切って自分の好きな趣味なり遊びなりに没頭してみるのも効果的だろう。心に余裕ができ、自信も生まれて、大役に立ち向かえるはずだ。

MEMO

もしシャイであることを克服したいのなら、人前で馬鹿なことをしてみよう。「見られたって何も怖いことはない」と自信も湧いてくる。人と打ち解けるには、テレビや映画や本など、共通の話題から入ると自然に絆を深められる。

04 「カモン！」の法則──ボディーランゲージで自分の脳をだませ

テニスのコーチはハッタリが上手、と言ったら差しさわりがあるかもしれない。ハッタリを「ボディーランゲージ」と言い換えることにしよう。

立つ姿勢、歩き方、体の動かし方。それだけで、敵に対して実に効果的なコミュニケーションができる。

元気いっぱいのボディーランゲージを心がければ、それは敵にも伝わる。自信満々の積極性を体の動作や仕草で表現すれば、敵はそれに気おされて弱気になるだろう。

もしポイントとポイントのあいだにコートで跳《は》ねまわって、元気いっぱいのところを見せつければ、敵はプレッシャーを感じて、「こっちももっとエネルギッシュに振舞わなければ」と思う。それがかえってミスを誘う。

だが、私がここで強調したいのは相手に伝えるボディーランゲージではなく、「自分の心」にも効果をもたらすボディーランゲージの力だ。

テニスとは感情的なスポーツである。コートに立ったら自分と向き合って、次から次へと湧きあがる感情を迅速《じんそく》に処理しなければならない。

あふれる感情をうまく処理してポジティブな姿勢を打ち出すには、ボディーランゲージが有効な武器だ。肉体を積極的に動かせば、頭脳はそれにだまされて、積極的で前向きな思考回路を追うようになる。

言葉に出すことも同じ効果を生む。「から元気」でもいい。大声で何か積極的な言葉を口に出せば、頭脳もそれに誘われて積極的な考え方をするようになる。

テニスのプレイヤーに役立つことは、学生やオフィスワーカーをはじめ、あらゆる職業の人たちにも役立つだろう。一つ言えるのは、上手なボディーランゲージの重要性が過小評価されている、ということ。「手振り」「身振り」「体のアクション」が頭脳に送るメッセージの有効性に、もっと注意を払《はら》うべきだと思う。

どうも気がのらない、やる気が出ない、と思ったら、大声で自分を叱咤《しった》してみればいい。頭脳はしゃきっとして、あなたの言うことに従うはず。悲しいときは笑ってみる。すると脳には幸福感の伝達物質、エンドルフィンが分泌《ぶんぴつ》される。作り笑いでも、笑いにはちがいない。脳は笑いを愉快なことと関連づけるから、急に元気が出る。それと同じように、「自分は闘いたい」「やる気満々だ」ということを身振り手振りで示せば、脳はその気になるにちがいない。ハッタリは効き目がある。

なおみは大舞台が好きなのに、ときどき弱気な素振りを見せた。だから、ことあるごとに、こう励ましていた。

「試合中、もっとガッツポーズをとればいいじゃないか、何か強気のアクションをして見せたほうがいいよ」

それで、「カモン！」と叫ぶことを勧めたのである。テレビでなおみの試合を観ていれば、お気づきの読者も多いかもしれない。

なおみがその声をあげると、自ら励まされるらしく、ぐっと強気になってプレイもアグレッシブになった。だから、彼女と組んでいたときは、もっとボディーランゲージに磨《みが》きをかけて、相手を威嚇《いかく》するように勧めた。すると相手は、すごいプレッシャーを感じるはずだから。

同時に勧めたのは、コートでは絶対に弱気な態度を見せないこと。もし弱気な態度を見せれば、相手は必ずそこにつけこんで、攻勢をかけてくる。だからといってひるむなおみではないことは承知していたが、みすみす相手を元気づかせる必要もない。敵にはどんな攻勢のきっかけも与えない――それも忘れないようにしたい。

これは、セリーナと組んでいたときに学んだことである。コートに立ったときのセリーナは、われこそは世界最強のプレイヤー、という気迫を全身にみなぎらせていた。その調子で第1セットをとってしまうと、もう相手は蛇《へび》ににらまれた蛙《かえる》も同然で、容易に反撃できない。セリーナこそはボディーランゲージの名手、「カモン」という叫び声の効果を最大限に利用していた。そうして相手を呑《の》んでかかり、堂々とコートを歩きまわって相手を圧倒するのである。

つけ加えると、顔の表情も、威力を発揮する。怒り、悲しみ、とまどい、快活、すべては顔の表情からはじまる。だれかの前を通りすぎるとき、その人物の顔の表情を見る。すると、「あ、かなり強気みたい」とか「気分がのっていそう」とか、相手の心理をたちどころに汲《く》みとれるだろう。それをこちらも逆に利用して、一言も発することなく、強いメッセージを相手に伝えることができる。

いまもいろいろなメーカーから、試合中にそのメーカーのブランドの帽子をかぶってくれないか、と頼まれる。帽子のスポンサー契約を結びたい、というのだ。だが、それはすべて断っている。帽子をかぶったら、プレイヤーとアイコンタクトがとれない。私の顔の表情を、プレイヤーが読みとれないからである。

試合中に私が浮かべる顔の表情は、とても重要なのだ。試合中に私が渋い表情をしているのを見たら、プレイヤーはどう思うか。

なおみと組んでいるときも、試合中、私はつとめて明るい表情を浮かべているように心がけた。なおみがちらっとこちらを見たときに、

「あの顔なら大丈夫、わたしはうまくやっているんだ」

と安心してもらえるように。

グランドスラム決勝の試合の最中のように、たとえ私が内心緊張していたとしても、それをそのまま顔に表すのはご法度《はっと》なのである。

それにしても、あの決勝の最中、なおみの目に映るのが私の上半身だけでよかった。なおみには、私がきわめてリラックスしているように見えて、心強かっただろう。実は、私には貧乏揺すりをする癖《くせ》がある……。あのとき、観客席の手すりに隠されていたけれど

も、私はしきりに脚を揺すっていた。それを目にしていたら、なおみにも微妙な影響を与えていたにちがいない。

MEMO

積極的なボディーランゲージを活用したい。意識的に大声を出すことで脳をだますと、ポジティブな思考に導くことができる。自分の表情にも注意。それは絶えず相手にメッセージを送っているのだから。

05

「フォーカス×集中力」。この相乗効果なくして練習とは言えない

スキルの鍛錬《たんれん》に大切なことは二つ。

一つは何を伸ばすか焦点を絞る、つまり「フォーカス」すること。そしてもう一つは、「集中力の持続」だ。

フォーカスに注意を払う人はすくないが、決して無視できない。また、集中力を持続できなければ成功はおぼつかない。ミュージシャンであろうと俳優であろうと、あるいはビジネスパーソンであろうと、集中力の持続は成功と失敗を分ける鍵である。

テニスでも、トーナメントで結果を残せるかどうかは、「ハイレベルの集中力をどれだけ持続できるか」にかかっている。すべては練習用コートからはじまるのだ。テニスに限らない。練習で結果を残したかったら、磨きをかけたい項目を絞って、そのトレーニングに時間をかけることだろう。

私はどのプレイヤーにも、練習中、集中力を持続させるように説いてきた。なおみと組んだ頃、彼女は試合中、集中力が途切れるようなシーンを何度か見せた。それがなおみの足を引っ張って、超美技を見せるかと思えば凡ミスをするような試合ぶりにつながっていた。それが気になったので、あるとき練習後に、なおみにこう注意した。

「今日はちょっと、気がのらなかったみたいだね。試合中にも、ときどきスイッチが切れるときがあるみたいだ。それでも勝てるからいいんだが、もし本当に成長したかったら、フォアハンドの練習と同じくらい、集中力を持続させる訓練を積んだほうがいいよ」

上達の鍵はフォーカスにある。鍛《きた》えたい技を絞りこめば絞りこむほど練習の成果も上がるはずだ。

練習でフォーカスを行わず、漫然と同じことをくり返していると、いざというときに的確な対応ができない。ステージで聴衆の前に立ったり、重役たちを前にプレゼンをしたり、テニスコートで前チャンピオンと対峙《たいじ》したり、といった肝心の場面で、実力を発揮できない。

「練習ではとにかく球数を多く打て」と教えるテニスコーチがいる。私は、「打つ球はすくなくていいから、実戦で予想されるシーンに対応した球を打て」と教える。また、練習で疲れて集中力が途切れたら、無理せずに休んだほうがいい。無理をつづけて悪い習慣ができるより、そのほうがずっといい。

フォーカスは、必ずいい結果をもたらす。一緒に練習に励《はげ》んでいるうちに、なおみのフォーカスが的確になって、相乗効果で持続力が増していくのが、見ていて嬉しかった。集中力が持続できて初めてグランドスラムや世界ランク1位の座も視野に入ってくる。

なおみの場合、すべては、熱い応援をしてくれる観客が一人もいない練習コートではじまった。何かを達成したいと思う人間なら、だれしも同じだろう。

MEMO

ただなんとなく練習しても何の意味もない。伸ばしたいポイントを徹底的に細かくフォーカスし、それを伸ばすための課題を十分に検討して、その課題に最高レベルで集中する。それをトレーニングと呼ぶ。

06

他人と違う道をいこう。それだけでメンタルは自然と磨かれる

なおみは最初、私と組みたくなかったようだ。理由は、セリーナ・ウィリアムズだった。

「あなたってセリーナにすごく似ている」

なおみはよくそう言われたらしい。

ボールの打ち方も似ているし、ゲーム運びも似ている。だいたい、髪のボリュームがたっぷりあることからしてそっくりよ、と。そのなおみが、7年もセリーナと組んでいた私をコーチに迎えようとしたのは、なぜだったのか。そう、なおみ自身、私のことを「セリーナ陣営の人」と見なしていたはずなのに。

なおみは長年セリーナに憧れていた。その一方では、何かにつけセリーナと比較されるのを嫌っていた。セリーナのコピーのように見られるのは、もっといやだったという。だが、そういう胸の内をなおみが初めて私に打ち明けたのは、一緒に組みはじめて7か月も

たった2018年の半ば頃だった。

そういえば、私と一緒に組みはじめて以降、セリーナがらみの質問は一切してこなかった。その点を、私は高く買っている。たとえば、セリーナは一日に何時間くらい練習しているの、とか、その種のことを訊いてきたことが一度もなかったのだ。それは、なおみが自分独自の道を歩もうとしている何よりの証《あか》しだったと思う。わが道をいく――それは、他人を真似ずに独自の道を切り拓く決意の表れである。

ただし、他人の振舞いから何かの「インスピレーション」を受けること自体は、何ら悪いことではない。避けるべきは、ただ盲目的に他人を真似ること。ある人に役立っていることが、そのままあなたにも役立つわけではない。だからこそ、「自分に本当に役立つことは何か」を見きわめるのが重要なのである。どんな成果をあげるにせよ、そこに自分ならではの彩《いろど》りを添えることを忘れないでほしい。

テニスの世界で秘密を守るのは至難の業《わざ》だ。トーナメントの会場では、だれもが一流プレイヤーとそのコーチを注目している。練習コートではどんなプレイをしているか。ジムでは？　メインコートでは？　レストランでの食事まで、注目を免《まぬが》れることはない。そしてすべてが、こまごまとした細部までが、ライバルによって分析される。

なおみが勝利を重ね、世界ランクの順位を駆けあがるにつれ、他のプレイヤーやコーチたちが私たちの練習法を真似るようになった。それはまったく気にならなかった。私だって、ライバルたちの練習コートの周囲を歩きまわって、何かいいことがあればとり入れていたのだから。ただし、その場合、私独自のカラーを必ずつけ加えていたが。

サーシャ・バインはセリーナから吸収したことをそっくりなおみに注入しようとしているのでは、とよく言われた。だが、セリーナとなおみは水と油のようにちがう。プレイスタイルもまったく異なることは、見る人が見ればわかるはずだ。

一見似ているようで、二人はテクニックもちがえばフットワークもちがう。ここ一発のときに頼るショットもまったくちがう。二人はそれぞれに、わが道をいっている。

MEMO

人真似はやめて、わが道をいこう。だれかに合う方法があなたに合う方法とは限らないのだから。インスピレーションを受けるのは０Ｋ。でも、自分のすることには必ず「自分じるし」をつけるのを忘れずに。

07

「失敗の味」を徹底的に味わっておくと、本番で楽になる

ただ平穏なだけの暮らしは何も生まない。いいことずくめの、苦労知らずの暮らしをしていたら、人間としての成長など望めない。

だから私は、「ときどき失敗すること」をお勧めしたいのだ。なおみと組んでいた当時も、なおみがミスするような――すくなくともミスする可能性があるような――シチュエーションを意図的に練習にとりこんだ。あらかじめなおみにも伝えておいたのだが、目的は、彼女に「負ける味を舐《な》めさせること」にあった。なおみが持ちこたえられる限界点はわかっていたから、そこまで追いこんでおいて、私が負かしてしまう。そうして、なおみに敗戦の味を舐めさせる――それが、成長の原動力になるからだ。

もちろん、なおみは面白くなかっただろう。だが、負けることによって、なおみは否応なく自分のプレイの欠点、改善すべき点を知らされたはずである。

もう一つ、なおみに負ける味を舐めさせたい理由があった。それは、前途に待ちかまえる難関に対する「覚悟」を養わせること。人間はだれしも本来、メンタルの強さを持ち合わせている。難関に直面して初めてそれが引き出される。

そう、難関をくぐり抜けた者、挫折《ざせつ》と落胆の味を舐めた者こそが、往々にして素晴らしい結果を出し、大成功をおさめることができる。挫折を乗り越えた者の武器は、「どんな困難に直面しても自分は乗り切れる」という自信だろう。人間には生存本能が備わっている。何か苦境に直面すれば、その本能がたちまち目覚めて、生き延びる方法を見出そうとする。

肉体を鍛えるときと同じだ。ハードなトレーニングをつづけると肉体は悲鳴をあげるが、結果的には、その分強くなる。肉体的な苦痛に耐えられるのは、これを乗り切れば次は楽になる、とわかっているからだろう。

メンタルも同じこと。あなたの脳は筋肉と変わらない。失敗や苦戦によって脳を鍛えると、一段と強くなる。なおみにも言ったのだが、強力なライバルがいて初めて進歩がある。

実際、テニスにおいては勝利より失敗から学ぶことのほうが多い。

2018年全米オープンの前哨戦《ぜんしょうせん》とも言うべき、ワシントン、モントリオール、シンシナティ、三つのハードコートのトーナメントで、なおみは3連敗していた。それからニューヨークに移ったので、当然のことながら、なおみはかなり動揺していた。しばらくは自信も士気も最低レベルで、このままでは初のグランドスラムのタイトル獲得はぐんと遠ざかったように見えた。

ところが、この「苦しい経験」こそが全米オープン制覇への跳躍台になってくれたのである。苦しめば苦しむほど将来への布石が固まる何よりの証拠だろう。

いまは苦しい、だからこそ将来は明るい、と自分に言い聞かせよう。この苦しみは単なるプロセスであって、最後には必ずいい結果がもたらされる。そう思って間違いない。

それに、いくつか失敗や挫折がつづいたからといって、この世が終わるわけでもない。ビッグイベントの前に3連敗を喫《きっ》したりするのはだれでもいやなものだが、なおみは動揺はしても、めげることはなかった。

彼女にも言った通り、それでも地球はまわるのだ。朝には太陽が顔を出し、夕方には沈む。自分のリズムが多少狂ったからといって、この世は何一つ変わらない。そのことを忘れずにいれば、何が起きてもおおらかに対処できるだろう。

失敗を恐れるあまり、何かというと口実をかまえて、勝負の場から早めに退場してしまう人がいる。逆に、ほぼ完璧な準備を整えて勝負に挑《いど》んだのに、痛い敗北を喫する人もいる。すると、敗北の原因がわからなくて、不愉快な疑問に直面せざるを得なくなる――

「え、自分はあんな選手にも負けるくらいダメなんだろうか?」

それで勝負をあきらめるか、再度挑戦を試みるか、そこが人生の分かれ目だと思う。

たとえ失敗しても安易な言い訳などせず、真っ向から挑戦をくり返してほしい。負けるたびに、あなたは強くなる。

MEMO

苦しい体験はもろ手をあげて歓迎だ。逆境からでなければ学ぶこともできず、強くもなれない。失敗が怖ければ、だまされたと思って失敗してみるといい。そんなに悪いものじゃないとわかるから。

08 完全主義を捨てる勇気

なおみは生来、完全主義者だったようだ。何かうまくいかないことがあると、いつも自分を責めていたらしい。

そんななおみに私が伝えたこと――それは、「完全主義者ではなくとも成功できる」というメッセージだった。それはだれにでも言えることではないだろうか。

どんなジャンルでも、どんな努力をしていても、改善の余地は尽きないものだ。としたら、「完全」などは、そもそもあり得ないのではなかろうか。必要なのは、ライバルをすこしでも上まわること。もしライバルの限界が75パーセントだったら、あなたは76パーセントを目指せばいい。それでいいのだと思う。

なおみが2018年のパリバ・オープン準決勝でシモナ・ハレプを破ったときのことが忘れられない。あのとき、試合中になおみはコートに私を呼んで、こう問いかけてきた。

「ねえ、もっと頑張らなくちゃだめ？　いまのプレイの仕方で大丈夫？」

「スコアはどうなってる、なおみ？」

「6－3だけど」

「ほら、きみはいま勝ってるじゃないか。世界ナンバーワンのプレイヤーをリードしているんだよ。これ以上何が必要なんだ？　いまのペースをつづければいい。向こうがギアを上げたら、きみもギアを上げればいい。それでいいんだよ」

その次のセットをなおみは「ベーグル」、つまり6－0でとって勝ち進み、女子ツアーの最初のタイトル獲得に結びつけた。あのとき私が何をしたかといえば、何もかも完璧な、人間離れをしたテニスなどしなくてもトロフィーは獲れる、そのことを訴えただけだ。


完全を目指してばかりいると、決して自分に満足することができない。すると、人生そのものにも果敢にアプローチできなくなってしまう。なぜなら、完全主義者は、うまくいっていることより、うまくいってないことのほうにばかり気をとられ、いつまでも前に進めないからだ。

人生において成功するのは、うまくいっていることをさらに改善できたときだろう。あらゆる面で満点をとることなど不可能だ、という事実を、まず受け容れること。完璧を期すことにのみ頭が向いていると、そういう考えは決して浮かんでこない。

たいていの人間は、不得意なことをしたがらない。完全主義者になると、したがらないどころか、不得意なことを憎悪する。

だが、なおみにも言ったのだが、最初から名人の域に達している者など、この世には存在しない。テニスプレイヤーに限らず、弁護士だろうと、医師だろうと、自分を向上させたかったら、不得意な分野は不得意なりに、というスタンスで腕を磨くべきだ。

MEMO

改善の余地は尽きないのだから、完璧などそもそもあり得ない。完璧を求めると永久に自分に満足できず、不得意なことを憎んでしまうようになる。ライバルをちょっとでも上まわっていれば十分。

09 リスクだけが本当に心を強くする

セリーナ・ウィリアムズの陣営と手を切る――プロのテニスの世界では、何を血迷ったのか、と思われたかもしれない。

私はセリーナのヒッティング・パートナーを7年間つとめた。その間、セリーナはグランドスラムのタイトルを13回獲得した。私自身、人生で最も素晴らしい時間をすごし、セリーナとは血を分けた兄弟のように親密になった。けれども、2015年、私はセリーナに告げたのである。

「申し訳ないけど、あなたとは別の道を歩ませてほしい」

つらい決断だった。別にセリーナと不和になったわけではないのだから。セリーナは長年、私の人生でもっとも重要な存在だった。それだけに、別々の道をいくのは身を切られるようにつらかった。女子プロテニス史上もっとも偉大なプレイヤー、セリーナと別れて数日後、私は、「テニスのコーチ、引き受けます」という求職のビラを印刷していた。ただ椅子に座っていても、他の名だたる女子プレイヤーから誘いの声がかかってくるかどうかわからない。

だから、こちらから積極的に職を求めるビラを作っていたのだ。そのビラは、自宅のあるフロリダのパームビーチ・ガーデンズ一帯に配るつもりだった。地元の女子プレイヤーのだれかが応じてくれればいいと思っていた。「超人気者のヒッティング・パートナー」から、一夜にして、「時給払いのテニスコーチ」の売り込みへ。果たしてどんな未来が待っているか予想もつかず、正直言って心細い限りだった。

そもそもドイツからアメリカに渡ってこられたのも、セリーナのおかげだった。そのセリーナが突然私の人生から消え、しかもこの広いアメリカに自分の身内はだれ一人いない。

自分はこれからアメリカでどうするつもりなのか？

セリーナと別れたのは正しい決断だったのか、それとも人生最大のミスだったのか？

セリーナと別れて数年たったいまでも、あの決別の日のセリーナとの会話を思いだすと鳥肌が立つ。この人生で、自分から好んで身の毛がよだつほどのリスクを選択することほど、スリリングでエキサイティングなものはない。

現状を変えるのはおそろしい。だが、それはいいことでもある。つまり、たまには自分を怖がらせる必要があるということだ。

ときには慣れ親しんだ古巣を飛びだして、冒険に挑《いど》んだほうがいい。どんな職業であれ、古巣に安住していては進歩が望めないからだ。人はとかく楽ちんで何の危険もないところ――しばしば「コンフォートゾーン」と呼ばれる――に踏みとどまりがちだ。

けれども、ときに応じてリスクをとらなければ、他にどんな世界があるのか永久にわからないだろう。メンタルも行き詰まってしまう。もしあのときセリーナと別れなければ、私はなおみのヘッドコーチに就くこともなく、世界ナンバーワンへの、ワクワクするような挑戦を体験することもなかっただろう。

実際、もしあのままセリーナのもとに留まっていたら、ごく気楽な暮らしがつづけられたのは間違いない――セリーナと共に世界中を駆けめぐり、つぎつぎにトーナメントを制覇する手助けをし、高額なボーナスを受けとる。何不自由ない暮らしをつづけられたはずだ。

アメリカに移住後の数年間、私はロスとフロリダのセリーナの家に住まわせてもらっていたことすらある。現在の自宅のキッチンの壁には、セリーナから贈られた絵がかけてある。それを見ると、きまって彼女と共にした素晴らしい時間を思いだす。その絵はコート上のセリーナを描いたもので、こういうメッセージが彼女の手で書き添えてある。「わたしの家族であり、兄弟であり、愛であり、原動力であるサーシャへ。いついつまでも変わらぬ愛をこめて、セリーナ」

その絵を見ると、いつも心を癒《いや》される。私の手元には、セリーナの使った古いラケットも——コートで叩き壊したものも含めて——いくつか残っている。

それほどに気楽な暮らしだったが、一方で、「このままではもう学ぶものはないのではないか」という焦燥《しょうそう》感もつのっていた。どんな世界であれ、もう学ぶものはないとなったら、それ以上の進歩は望めない。セリーナのヒッティング・パートナーとして、私は一つのピークに達していた。それでもなお上を目指したかったら、もう職場を変えるしかない。

それともう一つ。2012年以降、パトリック・ムラトグルーがセリーナのメインコーチに就任したことも、微妙に影響していたと思う。私の地位は曖昧《あいまい》になっていた。パトリックがいないとき、セリーナと私は実戦さながらの練習をする。だが、パトリックがいると、私はただセリーナの打ったボールを打ち返すだけの役割にもどってしまう。それがやりきれなくなったのだ。

私はもっと大きな責任を持ちたかった。責任のある仕事をしたくてたまらなかった。自分にはコーチングの能力があると信じていたし、もう一段上の仕事ができるという自信もあった。これだけ打ちこんで、それなりの成果を出しているのだから、もっと認められていいという思いもあった。もちろん失敗する可能性もあったが、そのときはそのときで相応の責任をとりたいと思ったし、その失敗からも学びたかった。たぶんセリーナは、私がそういう心境になっていたことを理解してくれたと思う。

変化を望むのは人間の本性だ。人生を存分に生き切りたかったら、なるべく多くの経験を積んだほうがいい。もちろん、そうして舵《かじ》を切った結果が、凶と出ることもあるかもしれない。が、たとえ不安定な将来に踏みだしても、何かあればたいていどこかから救い主が現れるものだ。

それに、リスクをとって外の世界に飛びださなければ、自分の真の価値はわからない。冷たい海にあえて飛びこまなければ、自分が泳げるかどうかわからないのと同じように。自分が外の世界からどう評価されているかもわからない。そして評価を知ったら、もはや自分の実力に見合わない世界に安住しつづけることはできないだろう。

セリーナの陣営を去って以降、失業状態をつづけるのは本意ではなかった。といって、事態が好転するという確信もなかった。

ありがたいことに、その宙ぶらりんの状態は長くはつづかなかったのである。セリーナの陣営を去ることを公表してから二日とたたないうちに、ビクトリア・アザレンカ、通称ビーカから電話がかかってきたのだ。あのときは実に嬉しかったし、自信を持つきっかけにもなった。世界最高レベルのプレイヤーと何年も働いたのち、私は初めて自分の価値を知ったのだ。

それまではたぶん、自分を過小評価していたのだと思う。自分が他者にどう評価されているか、それを具体的に知らされるのは実にいい気分だった。だが、もし自分が心地いいコンフォートゾーンにあのままとどまっていたら、そうした気分を味わうことは決してできなかっただろう。

結局、セリーナ陣営を去ったのは、私の最良の決断だったということになる。ビーカの後、組む相手はスローン・スティーブンス、キャロライン・ウォズニアッキ、なおみとつづき、2018年に、私はとうとう女子テニスツアーのベストコーチに選ばれたのだから。

コンフォートゾーンを出るときは自分の気持ちを正直に見定めて、変化を受け容れるといい。その決断の真意を冷静に把握《はあく》してこそ、変化の意義も見定めることができる。変化に賭《か》けるときは忍耐も必要だ。それまでの進路から大きく舵を切ったときは、最初につまずいても後もどりは禁物。ひたすら前に進んでほしい。


リスクをとることは癖になる。一度リスクをとって成功すると、またリスクをとりたくなるものだ。セリーナの陣営を離れたのは、私にとって、未知の領域に足を踏み入れた二度目の体験だった。

では、一度目は何だったのか？　実はまだ22歳の若造だったときセリーナに目をつけられて、所持品のすべてを二つのバッグに詰めこんでアメリカに渡った、あのときだったと思う。

セリーナに初めて出会ったのは、生まれ育った街ミュンヘンでテニスのコーチをしていたときだった。たまたまセリーナが数日間の予定でミュンヘンを訪れていて、ヒッティング・パートナーを必要としていた。そのとき、亡き父の知人が私たちを引き合わせたのである。すると、何度かラリーの応酬を重ねた後で、セリーナ自身からこう誘われた。

「あなた、あたしと一緒にアメリカにきて、あたしのチームに加わらない？」

あのとき、もしセリーナがミュンヘン生まれの若者に目を留めてくれなかったなら、いまの私はなかっただろう。22歳という年齢は、ヒッティング・パートナーとしてはまだ若すぎたと思う。セリーナはたぶん、私にはどこか見どころがあると感じ、ハードワークにも耐えられると見て、その直感に従ったのだろう。

そのときは、セリーナもリスクをとったのだし、こちらもそうだった。私は家族や友人たちのすべてをドイツに残して、セリーナ以外だれ一人知る者のいないアメリカに渡った。それはミュンヘンでの平穏な暮らしから、どんなに破天荒な事件が待っているかもしれない、この地球でもっとも偉大なアスリートとの共闘への転進だった。それから7年、リスクは実を結んで、何もかもうまくいった。が、そのとき、私は一つの限界にも気づいたのだった。

いずれセリーナがコートを去るときがきたら、再びよき友人同士になれればいいと思う。彼女と別れて以来、なおみを世界ランク1位にまで押しあげたことも含めて、セリーナからは何の誉《ほ》め言葉ももらっていないが、それはそれでかまわない。セリーナに対する私の敬意はすこしも変わっていないのだから。セリーナの地位を脅《おびや》かすプレイヤーたちのコーチを、私は何度もつとめてきた。もしセリーナが2018年の全米オープンを制覇していたら、24回目のグランドスラムを獲得したことになり、それはオーストラリアのマーガレット・コートの生涯記録に並んでいた。だが、ニューヨークにおけるなおみの勝利はそれを阻《はば》んだ。セリーナと私は、れっきとした敵同士になったのだ。

それは、なんだかすこし妙な気分だった。もしなおみと組んでいなかったら、私もあのとき、ニューヨークの観客にまじってセリーナを応援していたにちがいない。

セリーナへの感謝の気持ちは、永遠に変わらない。いまでもセリーナから電話を受けて、洗濯物をクリーニング屋からとってきて、と頼まれたら、喜んでそうするだろう。

MEMO

「自分を怖がらせるほどのリスク」を、ときには求めること。コンフォートゾーンを出て初めて人は成長するし、他者の評価を知り、自分の現在地も把握できる。一度やってみると何度もそれがくり返せるようになる。

10

「100パーセント全力でやっている」と自分に言い聞かせているあなた。でも、本当に？

持てる力を100パーセント発揮できる人間は、ごくわずかだと思う。全力投球、と口で言うのはたやすいが、実行できるプレイヤーはごく稀《まれ》だ。

自分をぎりぎりの段階まで追いこむには、特別の思考能力、特別の身体能力が必要となる。持てる力の97パーセント、98パーセントを発揮できる人間は多いが、残りの3パーセント、2パーセントをも絞りだせる人間は数すくない。もしそれができれば、あなたはたいていのライバルや競争者を蹴落《けお》とせるだろう。

では、何が必要なのか？

まず、「この努力は他のだれのためでもない、自分自身のためだ」ということを、しっかり胸に刻むこと。もし全力投球をしていないのであれば、あなたは自分を欺《あざむ》いているか、傷つけていることになる。私が何かをするときには、全力を出し切りたい。自分を欺くことは耐えられない。

あなたはどうだろう？　自分を欺くことに耐えられるだろうか？

自分の人生で、あなたは100パーセント出し切っているか。それとも、97パーセントか、98パーセント発揮するだけで満足しているか。

実は、あなたの中に残された3パーセントか2パーセントこそが、成功と失敗の分かれ目になるのである。100パーセント出し切ってさえいれば、目標達成に失敗しても、悪い気分はしないし、後悔もしない。あなたはやれるだけのことをやったのだ。自分は力を出し切ったと誇りに思えるにちがいない。

ほとんどの人、とりわけ若い人たちは、「全力を出し切ったときの気分」がどんなものか、おそらくわかってはいないだろう。まずは自分に正直に向かい合ってほしい。持てる力を100パーセント出し切っているか、それとも最後の3パーセントか2パーセントを残しているか、自分だけは知っているはず。いまどんなに頑張っていると思おうと、3パーセントか2パーセントの余力はたいてい残しているもの。

私は、自分の教えるプレイヤーにも全力を出し切ってほしいと常に願っていた。いま思うと、なおみですら、まだ余力を残していたと思う。あれだけ優秀なプレイヤーにして、まだ3パーセントか2パーセントの力を出し切っていなかった。

何度かなおみに訊いたことがある。

「どうだい、いま全力を出し切っているかい、それとも、まだ力を残しているかな？」

彼女の心まで覗《のぞ》き見ることはできないから、全力を絞りだすのを阻《はば》む何かが心中にひそんでいたのかどうか、それはわからない。一度、なおみのほうから私に訊いてきた。

「わたし、自分で100パーセント出し切っているかどうか、わからないんだけど、どうすればわかるんだろう？」

「ぼく自身のことなら、感じでつかめるんだけどね。それをきみには当てはめられないだろうしな。でも、もしきみが100パーセント出し切っていれば、自分でわかると思うけど」

「じゃあね、わたし、まだ出し切ってないと思う」

才能がある人に限って、勤労意欲が十分とは言えない。それはアスリートたちにも言える。才能があって、しかも経済的なサポートを十分に受けているプレイヤーは、とかく期待通りの成果を残せない。なぜだろうか？　おそらく彼らは何でも手軽に手に入ることに慣れているので、全力を出し切る必要も感じないのだろう。

私の好きな格言がある。

「才能があっても猛練習しない者は、才能がなくても猛練習した者に後れをとる」

私自身はそれを信じているので、プレイヤーたちが最後の3パーセント、2パーセントを出し切って、最高レベルの闘いに勝てるようハッパをかけてきたつもりである。


全力を出し切る重要さは、セリーナと組んでいるときに学んだ。セリーナは、昨今珍しいくらいの仕事中毒《ワーカホリック》だ——暇さえあればトレーニングをして、自分を高めている。

私の場合、ジムでバーベルを挙げることも、力を100パーセント出し切るメンタルを養うのに役立った。ジムでバーベルを挙げるとき、私は、これ以上の重量に挑んだら腕が折れてしまうというところまで自分をいじめる。翌日は体中の節々が痛んで、悲鳴をあげる。でも、それにも慣れてしまったから、苦にはならない。なによりもそのときは、自分が一段とパワフルになった感じがして、気分がよいのだ。

力を出し切ったと思えるときの気分は素晴らしい。ここまでやったのだから、もう不可能なことはない、という快感にひたれる。

チームで働いているときは、「チームメイトが全力投球していないのに、なぜ自分だけが？」と思いがちだ。それで全力を出し切るのを怠《おこた》って、生半可《なまはんか》な仕事しかしない。

それは間違っていると思う。大切なのは、「他人に何を期待するか」ではなく、「自分に何を期待するか」なのだから。

チームで働く職場にあっても、100パーセントの力を出し切ってほしい。そのときあなたは他人のために働いているのではない。自分のために、自分を高めるために働いているのだ。会社を大きくするためではない。自分を大きくするために働いているのである。それを見て周囲の人間もあなたを見習うようになったら、なんと素晴らしいことだろう。

MEMO

100パーセントの力を出し切っていなければ、あなた自身を偽り、傷つけていることになる。そして全力を出し切っているかどうかは、自分にしかわからない。自分の胸に聞いてみよう。周囲の人がなまけていても関係ない。

2章

プレッシャーも
ストレスも手なづける

11 世界一をたぐり寄せた「チームなおみ」のシンプルなルーティーン

私の頭は時速200マイルで回転していた。

土曜日の朝、ニューヨーク。なおみとセリーナ・ウィリアムズの全米オープン決勝の日。あれこれ懸命に頭をめぐらしていたのは、前夜、ほとんど眠れなかったからだ。「眠らない大都会」ニューヨークにきているとはいえ、こちらまで本当に眠れないとなると、困ってしまう。その夜はマンハッタンのホテルに宿泊していたのだが、妙に寝つけず、寝返りをくり返す夜になってしまった。

ふだん、夢を見ることはめったにない。夢の内容まで覚えていることはもっと珍しいのに、その晩は二つの悪夢にとりつかれたばかりか、その内容まで翌朝になっても覚えていた。どちらも、決勝の最中、相手との口論に巻きこまれる、というものだった。

最初の悪夢の口論の相手はセリーナ、2番目の悪夢のそれはセリーナのコーチ、パトリック・ムラトグルーだった。あの朝、なおみや彼女の両親、チームの面々と合流してトーナメントの会場に向かったとき、私はたぶん寝不足の疲れた目をしていたのだろう。よく眠れたかい、とみんなに訊かれたからだ。あまりにも奇怪な夢だったから、自分の中にためこむ気になれず、簡単に打ち明けて、こうつけ加えた。

「きょうの試合では、何か予想外のことが起きるかも。でも、心配ご無用。どっちの夢でも勝ったのは、なおみだったんだ。きっとうまくいくさ」


いま振り返ってみると、あの夢はある種のお告《つ》げだったのかもしれない。

実は、眠れない夜はそれが二日目だった。準決勝でなおみがマディソン・キーズと対戦した木曜日の朝から、眠りの精は私から遠ざかっていた。

別に、驚くべきことではなかったのかもしれない。土曜日はなおみの選手生活の節目になる日だったし、私にとっても、ヘッドコーチとして初めてメジャータイトルの決勝を迎える日だったのだから。

それよりも何よりもこの日、なおみは、セリーナと闘うのである。私の人生の大きな部分を占めていたセリーナと。これほど重要な日はめったにない。この試合がこれからの私の人生にどんなインパクトを与えるか、それももちろん承知していた。睡眠不足の疲れを吹き飛ばすくらいアドレナリンが沸騰《ふっとう》していたのも無理はない。

とにかく、私の頭はフル回転していた。何よりも、へまをしたくなかった。なおみの人生の記念碑《きねんひ》になるはずの試合に備えて、彼女に完璧な練習をさせてやりたかった。

こんなときなのである、「ルーティーン」が大きな役割を果たすのは。

それはテニスに限らない。ビジネスミーティングだろうと、プレゼンテーションだろうと、大事なイベントに備えているとき、ルーティーンくらい効果的な調整法はない。ともすれば気後れしてしまうような、初めて体験する大事を前にしても、きちんと日頃の習慣、ルーティーンを守る。すると、いつもと変わらないリラックスした気分に包まれて、最良のプレイを引き出してくれる。格別頭を使ったり、普段やりなれないことに手を染めなくとも、心身ともにベストな状態で肝心な瞬間を迎えることができるのだ。無駄な時間やエネルギーの浪費を避けられる点でも、一歩前進と言えるだろう。

全米オープンの2週間は、あらゆる意味で、なおみが初めて体験する日々だった。それまでのメジャーな試合では、4回戦まで進むのがせいぜいだったのだから。しかし、初めて体験するこのグランドスラムでは、まず準々決勝に進み、準決勝に進み、ついには決勝にまでたどりついた。

文字通り破竹の進撃だったのだが、なおみはそこまで登りつめることには慣れていなかった。そして、人は慣れないことに挑むとき、メンタルと肉体、両面でとてつもないエネルギーを費やすことになる。

ルーティーンの重要さが増すのは、まさしくそういうときなのである。

われわれチームの面々は、決勝を迎えて、それに先立つ6試合のときとまったく同じ準備をすることにしていた。決勝の当日も、特に変わったことをするつもりはなかったし、その点はなおみも同じだった。


では、なおみのルーティーンとはどんなものだったのか?

まず、30分のウォームアップ。それはコートに出る2時間半前にジムで開始する。体の血行をよくするためだ。それがすむと、サイクリングマシーンを漕《こ》ぐ。私はそのかたわらで、黙々と彼女のラケットに新しいグリップをとりつけている。

二人とも多くを語らず、なおみは一人考えにふけっている。いつも静かに、節度を保って事を進めるのがなおみの流儀だった。決勝の前、セリーナと顔を合わせることはなかった。セリーナとは別のジムを使っていたので、2週間を通して、姿を見かけることはまずなかった。

ジムでのウォームアップが終わると、練習コートに移って15分から30分、ボールを打ち合う。決勝の当日、私はできるだけ強いボールを打ち返した。もちろん、セリーナのパワフルな打球を想定してのことである。

実は決勝の前日の金曜日は、あまり効果的な練習ができなかった。たまたま雨が降っていたため、屋内で練習するか、それとも雨が上がるのを待って屋外で練習するか、判断に迷ったせいだ。結局、屋内で練習することにしたのだが、それはあまり効果的とは言えなかった。全米オープンは屋外のトーナメントだから、屋内コートでの練習はさほど役立たないのだ。まずボールの飛び方がちがう。ラケットで打ったときの音もちがう。屋内コートでのなおみのプレイぶりは物足りなかったが、そんな私の懸念《けねん》を打ち消すようになおみは言った。

「大丈夫、調子はいいから」

それでも懸念は払拭《ふっしょく》できなかったのだが、そういうときはプレイヤーを信頼することにしている。なおみが大丈夫と言うなら、大丈夫なのだ。事実、なおみはそれまで積み重ねた練習に満足しているようだったし、その自信を見事に翌日まで持ち越してみせた。嬉しいことに、決勝当日の練習は、とてもスムーズに進んだのである。

打ち合いの練習の後は、きまって試合前のおしゃべりで緊張をほぐす。まず皮切りに、今日の試合の相手は以前対戦したことがあるかどうか、なおみにたずねる。全米オープンの決勝の場合は、すでにマイアミ・オープンで、しかも同じハードコートで破ったセリーナが相手だった。が、相手が初めて対戦するプレイヤーの場合は、こうたずねる。

「彼女の強みは何だと思う？　きみはそれにどう対抗するつもり？」

なおみの解答につけ加えることがなければよし、もしあれば、私のほうから役立ちそうなサジェスチョンを与える。

それが終わると、いったん別れてお互いにシャワーを浴《あ》びる。それからまた顔を合わせて、他のチームメンバー共々軽食をとる。ジムにもどって二度目のウォームアップを行うのは、試合開始の30分前だ。そのときは、なおみがゲームの最初からボールをしっかりととらえられるように、動体視力を鍛える練習もする。

これが、「チームなおみ」のルーティーンだった。

ルーティーンはそれほど効果的な手段だが、といって、いつまでも頑固にそれにこだわる必要はない。あなたの置かれた環境と目標は、時間がたつにつれて変わるだろう。それに応じて、ルーティーンにも修正を加えたり、一新したりすることをためらってはならない。

折りに触れて、いまのルーティーンは自分に合っているかどうか、修正の余地がないかどうか、チェックすることも役立つ。

一日の組み立て方は、いまのままでいいかどうか。あることをするタイミングは、これでいいかどうか。自分の周囲の物の配置を、ときどき変えてみるのも効果的だろう。いちばんリフレッシュできる時間は、一日の別の時間かもしれないだろうし。

時間の組み立て方は、成功への鍵。どんな職業にあっても、それは、時間を正確に守ること、を意味する。

なおみは、ウォームアップや練習の時間に遅れたことは一度もなかった。決められたスケジュールは必ず守る。

対照的に、セリーナはたいてい練習に遅刻した。10分くらい遅刻するのは、ふつうだった。私自身、コートで40分も待たされたことがある。他の職場だったら、それはだらしない行為、傲慢《ごうまん》な行為、だと見なされただろう。だが、私は、それはセリーナが実力で獲得した一種の特権だと思っていたから、特に問題視しなかった。セリーナにはセリーナなりの時間の使い方がある。大事な試合のある日は、セリーナも時間を正確に守った。闘うために決めたルーティーンの重要さは、ちゃんと心得ていたのである。

MEMO

大事な試合やテストなど大一番の前ほど、何か特別なことをせず、いつものルーティーンを守る。エネルギーを浪費せずにすみ、実力が出しやすいからだ。ただしルーティーンは、自分の環境や目標が変わるたびに見直しておこう。

12

サーモンベーグルを2週間食べつづける
――ゲンかつぎの効果をあなどるな

「ゲンをかつぐ」のは面白い。だけでなく、役にも立つ。たとえば、大きなイベントで成功したいとき。14日間ぶっつづけで同じ朝食をとるとか。同じ順番で靴《くつ》ひもをむすぶとか。勝った日にはいていたのと同じ靴下をはくとか。

ゲンをかつぐことの効用は、並々ならぬものがある。

それは不安を薄め、ストレスを軽くしてくれるからだ。あんなの時間の無駄、馬鹿馬鹿しい、とゲンかつぎを軽視する人は多い。だが、以前うまくいったときのちょっとした癖をくり返すと、成功体験が甦《よみがえ》ってくるし、エネルギーも湧いてくる。あのときと同じものを食べる、同じ靴下をはく――それだけで気分も軽くなるし、またうまくやれるぞ、という自信も湧いてくるものだ。

だから、なおみは全米オープンの14日間、毎日、同じ朝食——サーモンベーグル——をとっていたのだ。私もやはりゲンをかついで、同じ朝食——サーモン、エッグ、トースト——をとっていた。美味《おい》しいサーモンも14日間つづくとさすがに飽きてきたが、他の朝食に切り替えるつもりはなかった。別になおみからそうしてと頼まれたわけではなく、自分もそういう主義だったからだ。もし、なおみから、

「ゲンかつぎで、わたしと同じサーモンベーグルにして」

と頼まれたら、喜んでそうしていただろう。

テニスプレイヤーはこの地球でもっともゲンをかつぐ人種だと思う。個人スポーツだから他のチームメイトを頼ることはできず、すべてが自分の双肩にかかってくる。だから、ゲンかつぎはルーティーンの一部と言っていい。

サーモンベーグルを食べるときのなおみは、前のトーナメントで勝ったときの手ごたえを味わっているのだ。テニスプレイヤーにとって、ゲンかつぎはないがしろにできないルーティーンなのである。

セリーナもそうだった。トーナメントの間、使うシャワーやロッカーはたった一つと決めていた。ニューヨークでの決勝の日も、セリーナはゲンをかついでいた。たいていのプ

レイヤーは、試合の第1ゲームが終わると椅子に足を運んでドリンクをするものだが、セリーナは必ずネットをぐるっとまわって向こう側に移るのだ。

ゲンかつぎとしてルーティーンに音楽を加えることも、パワフルな効果をもたらす。好みの音楽が耳に入ると、脳内で何かの引き金が引かれる。

音楽をルーティーンに加えるアスリートはすくなくない。なおみのゲンかつぎは、コートを歩くときに聞く音楽にも及んでいる。トーナメントの最初に、なおみはコートを歩きまわるルートを決めておいて、それをずっと守る。最初の日にヘッドフォンで好みの音楽を聴いて試合に勝つと、その音楽が勝利とむすびつく。

するとたぶん、自分でも気づかないうちに、最初のポイントをとる前からもう勝てる気がしてくるのだろう。あとはトーナメントが終わるまで、その気分がつづくことになる。

二度目のグランドスラムを制覇した2019年の全豪オープンのあいだ、なおみがコートを歩きまわりながら聴いていたのは、ジェイ・ロックというアメリカ人ラッパーの「ウィン（勝利）」という曲だった。

いつものリズムにのって、勝利もいつものようにくり返されたのだ。

MEMO

ゲンかつぎは楽しくて、役に立つ。不安を取り除いて、ストレスも軽くしてくれる。以前うまくいったときのちょっとした癖をくり返すと、成功体験が甦り、何度も再現される効果も期待できる。

13 プレッシャーを感じたら、絶好調

全米オープンを制覇する5か月前のことだった。なおみは多数の観客の見守る前でメンタルの弱さをさらけだした。

コート上で、「もう気分がのらない」「プレイはつづけたくない」と私に訴えたのだ。その場面がテレビの中継でしっかりとらえられていたのである。実際、あのときのなおみは、いまにも泣きだしそうだった。

ちょうどコートチェンジだった。なおみは椅子に座っており、私はその前にひざまずいて元気づけていた。

「大丈夫、絶対うまくいくから」

なおみにはタオルを渡して、頭からかぶらせた。すっかり意気消沈して涙を流しているところを、人目にさらしたくなかったからだ。タオルをかぶることで、なおみは多少とも

プライバシーを確保することができた。

2018年4月、女子テニスの最高峰WTAツアーの、ボルボ・カー・オープンの試合中の出来事だった。このWTAのツアーでは、試合中にコーチをコートに呼ぶことが許されており（グランドスラムを除く）、私はコートのなおみのところに駆け寄った。てっきり戦術的な助言を求められたのかと思ったのだが、事態はもっと悪いことにすぐ気づいた。

私はなおみに語りかけた。

「スタンドから観ているとね、きみはイヤイヤこの場にいるように見えるよ」

ここにくるまでに積み重ねたハードワーク、何もかも犠牲にして打ちこんだ猛練習を、なおみに思いださせたかった。

「きみは世界一になりたいんだろう？　いまこそきみの力を出し切るときじゃないか。大丈夫、きみならできるよ、なおみ」

そこに至るまでの数週間、なおみは破竹の進撃をつづけていた。まずインディアン・ウェルズで行われたパリバ・オープンで優勝し、つづくマイアミ・オープンでは長年憧れていたセリーナ・ウィリアムズを破っていた。そして迎えたこのツアーの3回戦、なおみはそこまで駆けあがってきた快進撃の重みに急に圧倒されて、ストレスに押しつぶされてしまったのである。

チャールストンでのこの出来事は、なおみが直面しているとてつもないプレッシャーの痛ましい側面をよく表している。このゲームにつづいて全米オープンで勝ったときのなおみは、まだ20歳の女の子だったのだ。そのなおみに日本中のスポーツファンの熱い視線が注がれていた。しかも彼女は、一家の稼ぎ頭でもあった。

チャールストンであれほどの弱さをさらけだしたなおみ。そのなおみが、何倍ものプレッシャーのかかるグランドスラム決勝で持ちこたえたのはなぜ、と不思議に思う方が多いにちがいない。

日本人初のメジャーなタイトルへの挑戦、しかも相手はあのセリーナだというのに、なおみはなぜあの試合では冷静を保つことができたのか?

あのときアーサー・アッシュ・スタジアムには2万4000人のニューヨーカーが詰めかけて、審判のカーロス・ラモスにブーイングの嵐を浴びせていた。ラモス審判は、セリーナ側がコーチングの不正を犯したこと、セリーナ自身がラケットをへし折ったり、オフィシャルに暴言を吐いたりしたことをとがめて、重いペナルティを科していた。セリーナ側の常軌を逸《いっ》した興奮ぶり、スタンド全体を包んだ敵意に満ちた熱狂を前にして、あのときのなおみくらい普段通りの平静さを保てたプレイヤーは、そうはいないだろうと思う。

それはどうして可能だったのか？　答えは私が日頃なおみに与えていた助言にあったかもしれない。

「プレッシャーをネガティブにとらえず、ポジティブにとらえよう」

「プレッシャーは自分の足を引っ張るものではなく、自分の背中を押してくれるもの、ととらえよう」

私はことあるごとにそう説いていたのである。

たしかにプレッシャーはつらいものだ。ちょっと心の隙《すき》を見せようものなら、こちらに重くのしかかって、押しつぶそうとする。そんなときは、頭のスイッチをスパッと切り替えればいい。

そもそもあなたがプレッシャーを感じるのは、あなたが、「できる人間」だからなのだ。あなたが有能であり、実行力があり、努力の末にいまの地位を築きあげたからなのである。

だから人々は、あなたに多くを期待する。つまり、あなたはすでにして勝者であり、だからこそ、勝ちつづける価値もある、ということ。なおみと組んだ当初から、私は口をすっぱくして言ってきた。

「もしプレッシャーを感じなくなったら、それはもう周囲のだれからも期待されなくなったせいなんだ、つまり、きみはもう人生の負け組に入ってしまったんだよ」

プレッシャーとは、あなたが人生の勝ち組として歩んでいるまぎれもない証拠なのである。

「いま、プレッシャーを感じているかい？」

私は何度もなおみにそうたずねた。答えが、イエス、のときもあれば、ノー、のときもあった。女子テニスの歴史に輝く偉大なプレイヤー、ビリー・ジーン・キングが残した美しい言葉がある。

「プレッシャーとは、一つの特権なのよ」

なんと素晴らしい言葉だろう！　この言葉を、私はいつも胸に留めている。セリーナと組んでいた頃、彼女もよくこう言っていた。

「あたしはプレッシャーが大好き。プレッシャーを感じると、自分は目標に近づいているな、ってわかるから」

頭をちょっと切り替えて、プレッシャーに抱擁《ほうよう》されることを楽しもうと思えば、あなたのメンタルは一変する。プレッシャーを感じたとたん、あなたの心には火花が走って、目標を達成する道をなんとか探そうという気持ちになるだろう。プレッシャーと闘うのではない。プレッシャーを積極的に楽しむのだ。

MEMO

プレッシャーは敵どころか、あなたの最強の味方だ。それはあなたが勝者であることの証拠であり、とことん楽しんでしまったほうがいい。大舞台ではそう気持ちを切り替えるだけで、メンタルは一変する。

14 心を乱す「極限のストレス」を消してしまう技術

ニューヨークでのあの騒然たる午後、セリーナと審判のあいだの険悪な空気は一気にエスカレートした。それはもう、単なる大試合のプレッシャーではなかった。異常な環境における、極限のストレス。そうした環境になおみはどう対処したか、くわしく振り返ってみたい。

最初ラモス審判は、セリーナのコーチ、パトリック・ムラトグルーが、不正と見なされるハンドシグナルを送ったことに警告を発し、怒ったセリーナがラケットをへし折ると、ポイント・ペナルティを与えた。ますます激昂《げっこう》したセリーナが暴言を吐くと、こんどはゲーム・ペナルティを与え、なおみは労せずして1ゲームを得て、5－3の絶対的な優位に立った。グランドスラムの制覇へあと1ゲームと迫ったのである。

観客が怒り狂ったのはそのときだった。

彼らにしてみれば、白熱のプレイをもっと観たかったのだろうし、そもそもセリーナとラモス審判のあいだで何が起こっているのか、正確なところもわからなかったのだろう。

私はといえば、あのとき、セリーナにゲーム・ペナルティが科されるまでは、観客の動向よりも、なおみの一挙一動にひたすら注目していた。なおみが何を思い、どう行動に移すか、それだけを見定めようとしていた——が、セリーナへのゲーム・ペナルティをきっかけにスタンドが大音声に包まれると、もうそうはしていられなかった。アーサー・アッシュ・スタジアムが大音声に包まれるのは、毎度のこと。だが、あの日、あのときの狂乱ぶりに匹敵するものはまず記憶にない。

全米オープンとそれが内包するエネルギーには日頃敬意を抱いている私だが、あのときの観客の、なおみに対する態度はいただけなかったと思う。観客はセリーナが不当に扱われたと思いこみ、セリーナと審判の口論にノーを突きつけたのだが、そこで一歩立ち止まって、それがセリーナの相手、20歳の女の子にどういう心理的効果を与えるかまでは、慮《おもんぱか》ってみようとしなかった。人生最大の喜びの瞬間を前にして、なおみはいまにも泣きだしそうになっていたのだ（後で行なわれた優勝杯の授賞式では、実際に涙を流すことになるのだが)。

セリーナがサービスゲームをとって、スコアを5－4としたとき、私は必死に考えていた——さあ、正念場だ。ここでもし、なおみがサービスゲームをとれなかったら、どうなる？　結果はどう転ぶかわからないぞ……。

だが、案ずるより産むがやすしだった。なおみはすでに、巨大なプレッシャーへの処《しょ》し方を、しっかりと身につけていたのである。ここぞというときに最上のプレイをする。世界中で何千万もの人々が注視するなか、なおみは見事にやってのけたのだった。


なぜそれができたのか。大きなストレスにさらされたときに大切なのは、自分のモチベーションが何なのか、再確認すること。「これは他人の期待に応えるためではなく、自分自身のためにやっているのだ」と思えば、メンタルを整えることができる。

全米オープンの決勝でなおみを動かしていたのは、もし勝てば日本のテニス界の歴史に新たな1ページをひらく、という見通しではなかった。もちろん、グランドスラムのシングルスを制覇した最初の日本人ということになれば、大いに誇《ほこ》らしく思えただろう。それはそれで特別なことだし、だれもその名誉を奪いとることはできない。だが、それがなおみを動かしていた最大のモチベーションかというと、そうではない。
全米オープンの優勝カップを手にする――それこそがテニスプレイヤーとしての最高最大のモチベーションであって、それが祖国で最初の名誉であろうと100回目の名誉であろうと、関係ないのだ。ああいうとき、別の欲望に衝《つ》き動かされるようなら、テニスはもうやめたほうがいい。全米オープンを制覇する――それだけがなおみの願望だった。

2018年全米オープン決勝のビデオは、すでに6、7回は見ている。見るたびに思うのだが、なおみが第1セットをとった時点で、試合の行方はまったく予想できなかったな、と。観客の応援はますますセリーナのほうに傾いていた。セリーナはアメリカ人だし、場所はニューヨーク。それに、セリーナはなんといっても女子テニス界で史上ナンバーワンのプレイヤーなのだ。スタジアムはまさに白熱の興奮に包まれていたうえ、ジャッジをめぐるいざこざがつくった異様な雰囲気。けれども、なおみはそこで信じられないようなテニスをしたのだった。

あなたが全米オープンの試合で、優勝のかかった最後の1ポイント、いわゆるチャンピオンシップ・ポイントをとろうとしていると想像してみよう。あなたの最初のサーブ。さすがに緊張して、プレッシャーを感じているはずだ。

ここで肚《はら》を決めて渾身《こんしん》のサーブを打ちこめるか？　それとも、へなへなのボールを打ってしまうか。掛け値のない話、あのコートに立っていると、許された25秒間は永遠につづくようにも思えるのだ。考える時間が長すぎて、脳がいろいろな情報であふれ返ってしまう。

さあ、どうしよう？

思い切っていくか、それとも？

そのとき、決め手になるのは、本人の個性だ。あなたがリスクをとれる人間かどうか。積極的な人間か、消極的な人間か。

なおみの強みは、アグレッシブなゲーム運びにある。ここぞというときに、最高のショットを決められる。なおみはセリーナが打ち返せない最高のサーブを決めて、タイトルをものにした。とてつもないプレッシャーの下、なおみはチャンピオンに相応《ふさわ》しいサービスエースで女王の座に就いたのである。

極限のストレスにさらされたときこそ、本来の自分を忘れずに、自分らしく行動すればいい。

まず、自分がなぜ、それをやっているのかを思いだす。

そして、自分の得意なスタイルで勝負すると決断する。無理に背伸びをしたり、自分を偽ったりせずに、最良の自分で押し通すのである。

この二つのメンタルの技術で、ストレスは消えてしまうのだ。

MEMO

自分にコントロールできない外部環境によって心が乱されそうなときは、初心を思いだして自分を取りもどそう。勝負の山場では、得意なスタイルで自分らしさを素直に出したほうが実力を発揮できる。

15

日頃の小さな決断で、あえて「面倒なほう」を選んでおく

プレッシャーに身をさらすことが多ければ多いほど対処の仕方も楽になり、緊張も薄らいでくる。要は、大きなストレスの待ちかまえる局面から決して逃げないこと。そうして可能な限り自分をテストしたほうがいい。

これは、セリーナと組んだ歳月を通して得た教訓だった。セリーナのヒッティング・パートナーをつとめた当初は万事ハードだったし、彼女がグランドスラムの決勝まで進んだときは、準備に万全を期すよう必死で努めた。でも、セリーナがグランドスラムの決勝まで進むことが度重なるにつれ、私はそのプレッシャーに慣れてしまった。大きなプレッシャーの下で働くのが、ごく当たり前になってしまったのである。プレッシャーとはどういうものか、よくわかったし、それが好きにもなった。

なおみにとって、人生初の全米オープンの決勝は相当手強《てごわ》いものだったにちがいない。ただ、その数か月前、マイアミ・オープンでセリーナをすでに破っていた体験が、かなり物を言ったと思う。ニューヨークでのプレッシャーはすさまじかったが、なおみはすでにパリバ・オープンとマイアミ・オープンで貴重な教訓をつかみとっていたのである。

人生でいつかめぐってくる重要な場面のためにも、「ストレスにめげずに決断する」ことに日頃から慣れてほしい。

プレッシャーに直面すると、金縛りにあったように何もできなくなってしまう人がいる。自分をどう生かせばいいか、わからなくなってしまうからだろう。

だが、成功への鍵の一つは、適切な決断を下して、それを徹底的に生かすことにある。人生は決断の連鎖から成っている。成功するか否かは、決断を生かせるかどうかにかかっている。どの世界であれ成功を重ねる人たちは、決断することをためらわない。というより、決断する機会を望んでやまない。決断することに慣れないと、学ぶこともできないし、成長もおぼつかない。自分で成長の道を閉ざしてしまうことになる。

もう一つ、ピンチを切り抜けるために私が会得したコツもここでお教えしておこう。

一種の幽体離脱現象を真似るというか、その場にいる自分から抜けだして、あたかも天井から自分を見守るように自分を見据《みす》えるのだ。

その場にいるのは自分ではなく友人だと思って、彼に助言するつもりで考える。人はたいてい、どんなときに何をすればいいか心得ている。だが、考える対象が自分のことだと、とかく感情に流されやすい。思考のプロセスから感情を閉めだすことができれば、たいていの場合、的確な決断を下せるはずだ。


なおみが全米オープンで勝ってから数日足らずのうちに、チームは東京に飛んだ。東レ・パンパシフィック・オープン出場のためだったが、それは歓呼の声に囲まれる1週間でもあった。

到着と同時に、なおみは200以上の報道各社の待ちかまえる記者会見に臨んだ。そこに着くまでに大勢のファンに囲まれ、花束を贈られたことは言うまでもない。スポンサー各社もトーナメントに駆けつけるはずだったから、さすがのなおみもかなりのプレッシャーにさらされるのではないかと思った。全米オープンに勝った覇者が祖国に凱旋《がいせん》して、お粗末なプレイを見せるわけにはいかない。自分の実力を遺憾《いかん》なく披露《ひろう》したいと思うのは、人間として当然だろう。

実のところ、なおみが日本でのトーナメントに出場することについて、私は柄《がら》にもなくすこし心配していた。

「で、どうだい、すこし気が重いかい」となおみにたずねたところ、「ううん、ぜんぜん」という答えが返ってきた。

それはその後の試合の結果で証明された。なかなか手強い相手も揃《そろ》っていたし、十分な練習もできなかったのに、なおみはみごと決勝までたどり着いたのである。

プレッシャーを巧《たく》みにいなす能力の高さを、なおみはまたしても実証してみせたのだ。メディアの関心は高く、練習には大勢の観客が詰めかけたが、最初のグランドスラム勝利の直後だったのだから無理もない。祖国への凱旋を、なおみはとことん楽しんでいた。

MEMO

日頃から逃げずに決断することに慣れておくと、自然と心が強くなる。大きな決断を楽しめるようにまでなれば一流。決断を下すときは、自分を「外側」から眺めて、友人に助言を与えるような気持ちで考えるといい。

16

「快眠」のための投資を惜しまない

テレビを買い替えるとき、何台もの機種の性能を比較検討する人は多いのに、ベッドのマットレスを買う際、その素材まで調べる人はまずいない。ほとんどの人が「マットレスの重要さ」を知らないからだろう。実は、仕事を成功させる決め手の一つこそは、ベッドのマットレスだというのに。

なおみは、睡眠の重要さをよく心得ていた。2018年の全米オープンの最中にマットレスを交換したのもそのためだ。

ベッドのマットレスの選択を間違うと、失敗の要因にもなりかねない。よく眠って体力を回復することは、仕事そのものに劣《おと》らず重要だと思ってほしい。体力の回復なくして成功はまず望めない。

睡眠が足りなくたってアドレナリンがたっぷり分泌されれば大丈夫さ、という人もいる。が、それは間違いだ。もし一晩熟睡できなければ、その人が本来持てる力の70パーセントも発揮できないだろう。睡眠不足がトップアスリートの足を引っ張る実例を、私はずいぶんと間近で見ている。

テニスの試合であれ、ビジネスのミーティングであれ、プレゼンテーションであれ、十分な準備が必要なのはもちろんだが、その準備の中には熟睡と休養もぜひ含めておきたい。「準備に時間をとられて、前夜遅くまで起きている」というような事態も避けたいものだ。睡眠不足でいちばんいけないのは、翌日、頭脳が明瞭に働かず、神経が高ぶって、情緒不安定になることだ。もちろん、注意力が散漫になることも多い。

2018年の全米オープンの最初の数日間、なおみはなかなか寝つけなくて困っていた。宿泊していたホテルの部屋のマットレスが柔《やわ》らかすぎて、腰が痛かったからである。あのシーズン、そうでなくともなおみは腰痛の問題を抱えていたから、そのマットレスが余計こたえたのだ。

それまでなおみを見ていてわかっていた。よく眠れなかったときのなおみは、コートでもいまひとつ冴《さ》えず、つまらないミスを重ねがちだということを。本来辛抱強くラリーを重ねてポイントを稼ぐべきなのに、性急にウィナーを決めようとする例を何度か見ていたのである。

あの全米オープンのときは錦織圭《にしこりけい》も同じホテルに泊まっていて、やはりベッドのマットレスに不満を覚えていた。そのままでは、二人とも、とうていコートで全力を出し切ることはできない。二人は結局ホテルのマネージメントに掛け合って、適切なマットレスに交換してもらったのだった。

マットレスの「欠点」になおみがすぐ気づいたのは、自身がトップアスリートであり、もともと腰に不安を感じていたせいだ。だが、スポーツとは縁のないビジネスの世界で働いている人たちにも、マットレスや枕が自分に合っているかどうか、検討することをお勧めしたい。

おそらくたいていの人は、使っているマットレスの素材や、睡眠に与えるその効果などについては知らないだろう。しかし、人間だれしも人生の3分の1はベッドの上ですごすのだから、テレビやパソコンを買い替えるとき以上に、マットレスの選択には注意を払うべきだと思う。自分に合ったマットレスや枕を選び、好ましい温かさで包んでくれる毛布や羽根布団を選べば、睡眠の質はすぐに向上し、それは仕事の能率にも必ず跳ね返ってくるにちがいない。

仕事で出張に出かけることが多い人なら、旅先のホテルのマットレスで腰を痛めてしまう場合も多いだろう。そういう人たちには、携帯用の首ロール枕を用意しておくことをお勧めする。

興奮のあまり神経が高ぶって眠れないことは、ままあるもの。2018年の全米オープン決勝のときなど、それに先立つ二晩ほど、私はあまり眠れなかった。なおみも、前夜は熟睡できなかったと言っていた。われわれがなんとかアドレナリンの作用で乗り切ることができたのは、二人共、それまでの2週間ほどはたっぷり眠れていたから。もしトーナメントのあいだじゅう不眠に悩まされていたら、なおみはあのタイトルを手中にできなかったと思う。熟睡なくして栄冠なし、である。


体力の回復はそれほど大切なのに、気を配る人はあまりいないようだ。

テニスのグランドスラムでは、ポイントから次のサーブまで25秒の時間が許されている。だが、練習の際にもこの25秒の間隔を導入しているプレイヤーやコーチはまずいない。休みなく打ち合いをつづけて、プレイを吟味《ぎんみ》する間《ま》を置こうとはしない。

アスリートだろうとビジネスマンだろうと、適当な間を置いて、仕事の進捗《しんちょく》ぶりを吟味したり、あらためて活を入れたりすることは、とても重要だ。ディナーに100ドル払ってストレスを発散するくらいなら、同じお金でたっぷりと体をマッサージしてもらったほうがいい。きっと熟睡できるにちがいない。

テニスのプレイヤーと同様、あなたも仕事中には適当な休憩をとって、いまの仕事の進め方がどれだけ能率的か、検討してみてはどうだろう。1時間の昼休みには、同僚とカフェに行くより戸外の公園にでも出かけて新鮮な空気を吸い、持参したサンドイッチ等で昼食をすませることをお勧めしたい。しばらく仕事を忘れてリラックスすれば、気分も一新して、再び働こうという意欲も湧くにちがいない。

MEMO

テレビを買い替えるときのような熱意で、マットレスなど寝具の買い替えを検討しよう。熟睡は、仕事そのものに劣らず重要。睡眠不足をアドレナリンで乗り切るような生活は、長期的にあなたの成長を阻む。

17

ラケットを折れ！怒りはためずに吐きだす

テニスから応用できる、とっておきのストレス対策がある。怒ることだ。

テニスの試合においても、日頃の暮らしにおいても、怒りをいつまでも閉じこめるのはよくない。ときには怒りを発散したほうがいい。

だから私は、なおみがときどきラケットを叩き折っても気にしない。

2019年の全豪オープン3回戦で、台湾のシェイ・スーウェイと対戦したときのなおみがまさにそうだった。第1セットを失ったとき、彼女は獰猛《どうもう》なアニマルと化していた。私はそもそもなおみと組んだ当初から、ときに怒りを発散することはぜんぜん悪いことではない、と説いていた。

ラケットを放り投げるのもよし、わめくのもよし、怒りを発散するためなら何をしたってかまわない！

ラケットを叩き折ったからといって私がなおみを過小評価することはない、ということは本人も承知していた。過小評価するどころか、逆に「よくやった」とまで思う。なぜなら、怒りを発散することで、プレイヤーはしばしば局面を打開できるのだから。

怒りという感情を、人は持て余すことが多い。だが、ときに怒りを覚えたからといって、バツの悪さを感じたり、ましてや、恥ずかしがったりする必要は毛頭ない。たとえ、平静で温和な態度を保つのが美徳とされる仕事の環境にあっても、だ。

早い話が、テニスは伝統的に上品で優雅なスポーツとされている。プレイヤーが怒り狂うところを観客は見たがらないのだから、感情をむき出しにするのはかんばしくない、とよく言われる。

たしかに、試合中ポーカー・フェイスを保つのは大切である。あまりに感情を露《あら》わにすると、それを弱さの発露《はつろ》と見て、相手がかさにかかってくるのはよくあることだから。

だけどね、と私はよくなおみにこう説いていた。

「怒りを抑《おさ》えつづけるのはもっと危険だ」

どちらかというと、なおみは控《ひか》えめなタイプだった。怒りがたまっても、それをすぐには表に出そうとしない。

対照的なのは、男子グランドスラムのシングルス優勝7回を誇った往年の名プレイヤー、ジョン・マッケンローだ。マッケンローは感情を爆発させることで自分を駆り立てていた。怒りをむき出しにし、相手を絶えず挑発することで、自分の戦闘意欲に火をつけていた。何度も怒って緊迫感をあおっていたのは、そうすることでゲームに入りこんでいけたからである。

ただし、これを実生活に当てはめると、ちょっと問題も生じるということもお忘れなく。やたら怒っていないと仕事ができないのでは幸福な人生とは言えないだろうし、まともな頭脳の持ち主とも思われないだろうから。

だからといって、怒りを完全に圧殺してしまうのもどうかと思う。ときに怒りに身を任せることが、問題解決の糸口になることもあるのだ。

怒りの発散は自制心の欠如《けつじょ》だと見なされることが多い。私はそうは思わない。たとえ怒っても、それを「いつ、どこで発散させるか」、完全にコントロールすることは可能だからである。

テニスコートの内と外に限らず、タイミングこそがすべてなのだ。

ここぞと思うときに怒りを発散する——それに尽きる。と同時に心すべきことは、いったん怒りを発散してしまったら、すぐ気持ちを切り替えること。ある一点で、怒りにストップをかける。一度フラストレーションを解消したら、すぐリセット・ボタンを押したほうがいい。

セリーナと組んでいて気づいたのだが、彼女が最上のプレイをするのは怒りに任せてラケットを叩き折ったときに多い。その後セリーナはまったく無表情になって、静まり返る。ボールを打つときに発する唸《うな》り声まで消えてしまう。が、そのときにこそセリーナは本当に恐るべきアニマルになるのだ。そのときセリーナは完全にゲームに入りこみ、どんなピンチに陥《おちい》っても動じない。ラケットを叩き折った後で形勢を逆転することが何度もあった。

なおみがラケットを叩きつけることはめったになかったが、2019年の全豪オープン3回戦でラケットを叩き壊したときは、劣勢を挽回するのに見事に役立った。後で、彼女はこうひとこと呟《つぶや》いた。

「あれで怒りを発散して、すごく気持ちが楽になったの」

MEMO

ときには怒りを発散したほうがいい。怒りを押し殺すと心にとどまり、あなたを傷つけ、思考を鈍らせる危険な存在になる。怒ったからといって恥ずかしく思ったり、自己嫌悪に陥ったりしないで——人間として、それはきわめて自然な感情なのだから。

18 10秒あったら、深呼吸

一つ深呼吸をして、肺を酸素でいっぱいにする——それが不安に対処するいちばん簡単で、手っ取り早い方法だ。

深呼吸をしたとたん、心臓の早鐘《はやがね》はおさまり、神経も安らぐ。深呼吸を二、三度くり返せば、気持ちが落ち着き、リラックスして、いま置かれている状況を冷静に検討できるだろう。

とにかく、気持ちが動揺して、プレッシャーに負けそうになったら、深呼吸をするに限る。頭も冴えて、名案が浮かぶにちがいない。脳にはたっぷり酸素が送りこまれ、思考能力にも磨きがかかるはずだ。

テニスプレイヤーの場合、ポイントとポイントのあいだには数秒間の余裕しかない。その時間をフル活用する方法が、じつは深呼吸なのだ。呼吸することに集中するだけで、マインドセット――その状況をどうとらえるかという思考――までも切り替わる。

2018年の全米オープンの前にも、私はなおみに深呼吸の効用について話した。これから試験に臨《のぞ》む学生にも、重要な会議を控えたビジネスパーソンにも、睡眠不足で頭がふらつくあらゆる人に、深呼吸は役に立つ。

気持ちをリセットして、新規まき直しを図る際にも、呼吸法を変えるのは効果的だ。自分に活を入れたいときは、深呼吸とは逆に、浅い呼吸を素早く何度かくり返すといい。心臓の鼓動がすこし早くなって、体もしゃきっとする。血流が早くなり、瞳孔《どうこう》もひろがる。体はいつでもゲームに、試験に、会議に、即応できるはずだ。

MEMO

メンタルを切り替える一番シンプルで効果的な方法が深呼吸。心臓の鼓動は落ち着き、不安は薄らぐ。神経が高ぶって寝つけないときは、深呼吸を何度かくり返す。マインドセットを切り替えてやる気を出すには、浅い呼吸をくり返す。

SNSには距離を置く

19

全米オープンの前、「殺してやる」という脅迫状《きょうはく》を何度か受けとった。「おまえは裏切り者だ」と呼ばれたこともあるし、「負け犬め」とか「出来そこない」というそしりも受けた。私が多年セリーナ陣営にいたという理由で、私のSNSには非難中傷が渦巻《うずま》いた。

セリーナ・ファンは私が憎らしかったのである――私が今度はなおみのコーチとして、セリーナの前に立ちはだかっていたから。

彼らにすれば私は裏切り者としか思えず、「セリーナの秘密をなおみに教えたら、ただではおかないぞ」と言いたかったのだろう。私のテニス人生でもっとも大切なイベントを前にして、彼ら軽薄なファンたちは私をなんとか引きずりおろそうとしていた。もちろん、私はそんな脅《おど》しには屈しなかったけれども。

現代社会にあって、こういう理不尽な攻撃にさらされるのは、テニスのコーチに限ったことではないだろう。多少とも名の知られた人たちは、大なり小なり、悪口、中傷、雑言《ぞうごん》を浴びせられるのだから。誰にとってもごく身近な問題だ。

もし肉体的な脅しにまでそれがエスカレートしたら、しかるべき筋にすぐ通報したほうがいい。「チクリ屋と思われるのはいやだ」というのもわかるけれど、何らかの肉体的な傷害を受ける恐れのあるときは、通報してもまったく恥ずかしいことはない。


以前、セリーナと組んでいた頃にも、単なる脅しとは思えない脅迫を私は受けたことがある。いつ、どうやって殺すかという手口まで、脅迫者は詳細に伝えてきた。

ちょうど全仏オープンを前にしたときだったけれど、その人物は、私とセリーナがどこで練習しているか、どこをどう歩きまわっているか、ということまでつかんでいたのだ。こちらの後を尾《つ》けて、動きの一部始終を把握していたのだろう。「おまえなんぞ簡単に刺し殺して見せるさ」と、脅迫状には書いてあった。それはもう無視できない脅しだったから、私も真剣に受け止めて、女子テニス・ツアーの主催者にも通報したのだが。

なおみもやはり脅迫の標的にされた。全米オープンの決勝の後、何人もの人物がSNS上でなおみを俎上《そじょう》に上げ、見当違いの恫喝《どうかつ》をしてきたのである。あの試合でセリーナは審判に口汚なく毒づいたりした。それに対して審判のカーロス・ラモスはポイント・ペナルティやゲーム・ペナルティで報《むく》いたのだが、それが気に食わないというわけである。あのペナルティさえなければセリーナは勝っていた、なおみは審判から勝利をプレゼントされたのだ、と彼らは言いたいのだった。

一方、あの試合の後、セリーナの側もまた罵《ば》詈《り》讒《ざん》謗《ぼう》を浴びせられていた。「あんな小娘にどうして負けたんだ」とか、「試合中のあの愚かしい言動はなんだ」とか、言いたい放題のことを言われたらしい。セリーナは読むのもいやだっただろうが、彼女はメディアからも手厳しい批判を受けている。何かというとセリーナのあら探しをするのもまた、昔からのメディアのやり口なのである。

そこで提案なのだが、スポーツを愛好する人たちはＳＮＳに割く時間をすこしでも減らしたらどうだろうか。私自身、ＳＮＳのアカウントを持っているけれども、実は可能な限りＳＮＳからは遠ざかろうと努めている。

オンラインの世界には、他人の足を引っ張ることに快感を得る人たちが大勢いるからだ。その「遊び場」で彼らが吐き散らす悪口、中傷はますますたちが悪くなっている。

SNSにあふれる情報はフェイクが多いし、人が面と向かって述べるような意見にはほど遠い。

といって、SNSに一切関わるな、と言うのも非現実的だろう。私としては、ともかく、バーチャルな世界よりは現実の世界での暮らしを楽しもう、と言っておきたい。現実の世界における交流のほうが、まだしも優しくて人間的なのだから。

それでも何らかの非難や中傷を受けたら、それをむしろ前向きにとらえて、「これはいいことなんだ」と考えたほうがいい。そういう連中が執拗《しつよう》につきまとうのは、あなたの人となりや、あなたの業績を嫉妬《しっと》しているからなのだ。連中はあなたを弱者だと見て攻撃しているのではなく、あなたが特別なことをなしとげた強者だからこそ攻撃してくるのである。

全米オープンの決勝前に馬鹿げた誹謗中傷《ひぼうちゅうしょう》を受けたとき、私は自分に言い聞かせた——セリーナのファンが頭にきているのは、なおみの実力を認め、脅威を覚えているからだ。嫉妬のあまり、あんな愚劣なことをしているのだ。

そう思っていれば、SNSで、あるいは面と向かって、人が何といおうと気にならない。くだらない脅迫をしてくる連中は、実はかわいそうな人間たちなのである。彼らはただ強がろうとしているだけなのだ。こちらに難癖《なんくせ》をつけることで、みじめな人生の、せめてもの憂《う》さ晴らしをしているのだろう。

成功と幸福を手中にする鍵の一つ、それは他人の評価に一喜一憂しないこと。内なる自分が満ち足りていれば、それでいい。

脅迫者はあなたのメンタルを痛めつけようとする。しかし、あなたが痛めつけられるのを拒めば、何もできるはずがない。あなたのメンタルが苦痛や苦悩を覚えるとしたら、あなたがそれを受け容れてしまうからだ。鍵を握っているのは、あなたしかいない。脅迫者がにたりと笑うかどうかは、あなた次第なのである。

MEMO

オンラインの世界で費やす時間を極力減らそう。そういう場所では他人に何を言われても惑わされないように。もしけなされても、高く評価されている証拠ぐらいに思うこと。逆に他人の賞賛も求めない。

20

「タオルのルール」――どこにいても、一瞬でいつもの自分をとりもどす方法

ときにはローラーコースターから降りてみることも、人生には必要だ。仕事の最中でも日常の暮らしの途中でもいい。かなりのストレスを受けたときは、ほんの2、3分でもその座をはずしてみることで、心機一転のきっかけをつかめるだろう。強烈なプレッシャーやストレスがのしかかってきたときは、頭がまともに働かないからだ。

いったん座をはずして隣の部屋に入ってみるとか、付近をちょっと歩きまわってみるだけで、集中力をとりもどせるはずだ。頭もクリアになって、新しいアイデアも湧いてくる。「このまま突っ走ったらまずいぞ」と思ったら、一歩立ち止まって気持ちを鎮《しず》めてみる。一人になることで、集中力をとりもどせるにちがいない。

全米オープンを目前にした頃、私はなおみに助言した――ストレスを感じているなら、いまの行動パターンをちょっと破ってみたら、と。

なおみはすでに、ワシントン、モントオリオール、シンシナティと3連敗を喫していたから、その年最後のグランドスラムを前に動揺していたのも無理はない。最初の予定では、シンシナティから真っすぐニューヨークに飛ぶことになっていた。その予定通りにすれば、練習用コートでたっぷり汗を流す時間が持てたのは間違いない。

しかし、トーナメントからトーナメントへと途切れなく移動すれば、連敗によるネガティブな空気をそのまま運ぶことになる。だから私はなおみに言った。

「どうだろう、2、3日フロリダの自宅にもどっては。そこで、練習はもちろん、テニスのことはすっかり忘れて、完全な休養をとることにしようじゃないか」

そうしてフロリダにもどると、なおみはビデオゲームに熱中したり、お姉さんと遊びに出かけたりして、完全にリラックスした時間をすごした。頭も気持ちも切り替えてフロリダを飛び立ったときは、初めてニューヨークに向かうような、新鮮な興奮を覚えたものである。

2018年の全米オープンでセリーナ・ウィリアムズと対戦したとき、騒然とするアーサー・アッシュ・スタジアムの中でもなおみは冷静を保っていた。第1セットをものにし、第2セットも5－4でリードの場面。なおみはエンドを替えるチェンジオーバーの際、自分の椅子に腰を下ろした。それはなおみの選手生活の中でもっとも重要な90秒だった。生涯初のグランドスラムへ向けてのサーブをする——そのとき、周囲の騒音を閉めだそうと、頭からタオルをかぶったのである。

そうすると、なおみには観衆の顔が見えなかったし、観衆のほうでもなおみの表情はうかがえなかった。なおみは自分だけのパーソナルな空間を確保できたのである。タオルの下で自分に語りかけても、その声は観衆には伝わらない。あの日、スタジアムは異様な雰囲気に包まれ、激しいブーイングが湧き起こったりして騒然としていた。なおみには一人で精神を集中することが必要だったのだ。

そのときの外部状況と自分のメンタル次第で、なおみはさまざまな方法でチェンジオーバーの時間を利用する。緊迫したゲームの局面を一瞬でも忘れるために、観客のほうを眺《なが》めることもある。そのとき、だれか特定の観客の顔に目を凝《こ》らしたりすると、つかのまプレッシャーが薄らぐらしい。大スクリーンのビデオ画面を眺めたりしても、気分がほぐれることがある。

ストレスから逃れたいときは、自分自身が書いたメモに目を通すことも役に立つ。

なおみにも言ったことがある。

「日頃気がついたことをメモっておいて、それをチェンジオーバーのあいだに読み直してみては?」

自分自身の手で書いたメモを読み直せば、すんなり頭に入るはずだ。自分のことは、他人より自分がいちばんよく知っているのだから。それと、そういう場合は、同じ内容でも、耳から聞くより目で読んだほうが頭によく入る。メモを読むときは、自分自身に語りかけているも同然なのだ。

あのとき、タオルをかぶったなおみが自分に何を語っていたにせよ、効果てきめんだったことは明らかだ。あの後なおみは、スーパースターのように堂々と勝利に突き進んでいった。

極度に緊迫した状況下では、そのまま現場にいると精神のバランスを保てないことがある。そんなときは、いったんその場を離れないとストレスから逃れられない。

なおみに2019年の全豪オープン制覇をもたらした鍵も、「いったん戦場を離れて気持ちをリセットする能力」にあった。

ペトラ・クビトバと対戦したあの決勝で、なおみはかなりエキサイトしていた。そのため、ビッグ・プレイが出るかと思えば、凡ミスを重ねていた。その連鎖を断ち切るためには、いったんコートを離れる必要があったのである。そのままコートにいつづけたら、負のスパイラルから抜けだせなかっただろう。

第2セットで3度のマッチポイントに持ちこむまでは、すべてが順調だった。ところがなおみはそのポイントを全部失い、10分か15分のあいだにすべてが暗転してしまった。なおみのプレイが特別悪かったわけではない。クビトバが素晴らしすぎたのだ。その結果、セットカウントが1対1のイーブンになった。

試合の流れは突然クビトバのほうに傾いた。このままなおみが試合に負け、世界ランク1位の座に就けなかったら、一連のマッチポイントを逃したミスはこの先何か月もなおみの頭から離れないだろうと、私は思った。なおみはこの先ずっとこのミスを悔やみつづけるにちがいない。あまりに致命的なミスは、何か月も頭から消えないことがある。なおみにとって、それは初めての体験になるはずだった。他のどんな敗戦よりも手厳しく、その敗戦はなおみをさいなみつづけたことだろう。

私にとって忘れられない瞬間は、その後に訪れた。

なおみはラケットをその場に置いて、コートを離れた。トイレブレークをとりに舞台裏に消えたのである。

そう、これから長きにわたって自分の心理状態を左右するにちがいない第3セットを目の前にして。一人トイレにこもったなおみは、そこで心ゆくまで孤独を楽しんだはずだ。

あのままコートにいれば、カメラの砲列《ほうれつ》の的になり、観客の注目を一身に浴びることはわかり切っていた。それはなおみの想念や行動に大きな影響を及ぼしたにちがいない。その場の雰囲気に、なおみはすっかり呑みこまれていたかもしれない。

だが、つかのまでもトイレにこもることで、なおみは騒然たるスタジアムを、興奮した観客を、ゲームを、取り逃がしたポイントを、忘れることができた。そうして、気分も新たに戦いの場にもどってこられたのである。


とてつもないストレスから逃れるには、一人になるに限る。たとえばトイレに入ってドアを閉め、鏡に顔を写してみるのもいい。冷たい水を顔にかけたりしてもいい。そして、「自分にはできる」、と鏡の顔に向かって語りかけるのだ。それまで重ねてきた努力、勝ちたいという意欲を、あらためて思い返す。最後に、一つ深呼吸をしてから外に出る。
コートにもどってきたときのなおみは冷静そのものだった。私自身、あんなに沈着なプレイヤーは見たこともなかった。意志が固まれば肉体もそれにならう。もうそれ以上、負の連鎖に陥ることはない。多少のミスは犯そうとも、ゲームはなおみの手の内にあった。思った通り、もはやなおみはクビトバに付け入る隙を与えなかったのである。

MEMO

ストレスを感じたら、いったん持ち場を離れよう。ためらわないで。物理的にその場を離れられなくても、気持ちを立て直す方法はいくらでもある。頭を切り替え、新たなエネルギーと戦術を準備して戦いにもどること。

3 章

感情の力を使う

21

勝ち試合より誇らしい負け試合とは？

結果とプロセス、どちらが大切か？　世の中には結果にしか目がいかない人がいる。どれだけの利益をあげたか？　何人のクライアントを獲得したか？

なおみもかつてはその物差しで自分を計っていた。今日のゲームで勝ったか？　負けたか？

自分の生き方を、いつもとはちがう角度から見る。それはテニスのみならず、どのジャンルで働いている人にとっても有意義だと思う。大切なのは、日ごとに下す一つひとつの決断を含めて、仕事の全プロセスを見つめ直すことなのだ。

なおみの場合でいえば、コートの内でも外でも、「プロセスに重点を置いて正しい決断を下すこと」が重要だった。最初からなおみに言ったのだが、結果だけに重きを置いて自分を評価するのはやめよう、と。そう、プロセスから目をそらすと、えてして学ぶことがおろそかになってしまう。結果だけしか眼中にないと、意欲も失われて、最終的な目標を見失ってしまう。

いい成績をあげたくて結果のみに目を奪われると、仕事の楽しみまで奪われる。だからなおみにも言った。

「きみは試合に負けると、必要以上にしょげ返るね」

結果よりプロセスを重視すると、仕事を楽しむにつれエネルギーや熱意が湧いてきて、成功のチャンスも大きくなるものなのだ。

だから、なおみにはこうも言ったことがある。

「ぼくは勝敗よりも、きみが練習で学んだことをどれだけ試合に生かしているかのほうに関心があるね。その意味では、きみが勝った試合より負けた試合のほうが誇らしく思えることがあるよ」

なおみは信じなかった。「嘘でしょう、そんなの」。そう言われて、私は答えた。「いや、誓って本当さ」。

その通りだった。なおみが負けた試合のほうが誇らしく思えることが、本当に何度かあったのである。なおみは初めて挑んだ二つのグランドスラムのどちらも制覇したけれど、仮に二つとも負けていたとしても、あの試合内容であれば、やはりなおみは卓越したテニスプレイヤーだと私は思っただろう。

たいていの人は、カーテンが上がって本舞台に上がったなおみしか見ていないから、試合の結果だけに重きを置く。だが、カーテンが上がる前からなおみを見ている私は、舞台上はもちろん、そこに至るプロセスのすべてに目を凝らしている。それに基《もと》づいて、その試合におけるなおみの出来を評価する。なおみ自身にもそうしてもらいたいと思っていた。

結果さえ気にしなければ、要は自分の力を最大限に発揮できるようにすればいいのだ、と思うだろう。

なおみとセリーナの共通項が一つあるとすれば、「自分らしさをフルに試合で発揮できたときは必ず勝つ」という点だ。セリーナが自分らしさを発揮できた試合では、相手の出来にかかわらず、セリーナが勝つ。それはなおみも同じで、自分の持ち味を十分発揮できた試合では必ず勝つ。

要所要所での選択さえ間違わなければ、望みの目的地には必ずたどり着ける。なおみにも、つねづねこう助言していた。

「アスリートとして必要なのは、日常生活のこまごまとした局面でも正しい選択をすることだよ」

それは朝食のときからはじまる。アボカドを丸ごと一つ食べるべきか、それとも半分にとどめるべきか。「選択」は一日中つづく。何を食べ、何を飲み、いつ練習をはじめていつ休息をとるべきか。それは眠る時刻までつづく。水は十分飲んだか？　ソーダは控えているか？　就寝は早めにするか、それとも？

大舞台での結果を気にするよりは、そういうこまごまとした日常的な次元で正しい選択をしてほしい。それがなおみに望んだことの一つだった。

MEMO

結果で自分を判断すると、成長スピードが遅くなる。結果を気にしなければプロセスを楽しめるし、楽しめれば上達するからだ。結果のかわりに意識すべきは、日常のこまごまとした選択がきちんとできているかどうかだ。

22

「日記」は記録のためではなく、感情をコントロールするためにつける

最近、古い日記を読み返していて、泣きたくなった。痛切な個所が二つあったからだ。一つは私を子供の頃のつらい時期に即座につれもどした。当時の不安、疑惑、暗い衝動が甦ってきた。もう一つの個所も同じようにつらくて、悲しかった。それは、13歳の私が自殺しようかと思ったときの記述だったから。

私はもともと多感な人間だ。あれから20年後にそのくだりを読み返してみて、あのときの自殺願望は本物だったのだとあらためて思う。そのくだりのインクの文字はぼやけていた。涙を流しながら書いていたからだ。

もしあのまま家から逃げだして自殺していたら、周囲は大騒ぎになって、愛する家族はバラバラになっていただろう。父と母は罪悪感に苦しめられたにちがいない。だが、13歳の少年に、そこまで見通せたはずがない。あのときの私は、もうだめだ、という絶望感に

圧倒されていた。当時、父と母は激しく反目し合っていて、私は、それがすべて自分の責任だと思いこんでいたのである。

あの頃、父はすべてを犠牲にして、私を一流のテニスプレイヤーに育てあげることに熱中していた。そのためには、母や私の二人の姉妹の幸せなどかえりみなかった。それなのに、肝心の私のテニスはいっこうに上達しなかった。

そのため父と大喧嘩《げんか》もしていた。父はわが家のなけなしの財産を私のテニス教習に投じていたため、わが家は経済的に困窮。それは私も痛いほど感じていて、一家を覆《おお》う暗いムードの原因はひとえに自分にあると思っていた。

両親の仲は険悪化する一方で、このままでは離婚も必至というところまでいっていた。それを何とか食い止めるには、自分が自殺して、この世からいなくなるほかない、と13歳の少年は思いこんだのだ。その日の日記の末尾に、私は自分の名前も署名していた――本当に自殺したとき、その日の記述がそのまま遺書になるように。

人がそこまで追いつめられると、歳が13であろうと50であろうと、有名であろうとなかろうと、関係ない。自殺、という一語が否応《いやおう》なくのしかかってくる。

つい最近、この日記のことを初めて母に打ち明けたのだが、母は読みたがらなかった。

自分にはきっと耐えられないだろうから、という理由で。

だが、私は読み返してみて、あのときの自分の思い、絶望感を、よくぞこれほど正直に書き残せたな、と思った。13歳の少年は、もう自殺するしかないという思いをだれに打ち明ければいいのかわからず、すべて正直に日記に書いたのだった。それによって、幼いながら自分の気持ちを整理できて、あの危機をかろうじてくぐり抜けられたのだと思う。

あなたにも日記を書くことをお勧めしたい。自分の気持ちを正直に、率直に見つめ、他人に話せないことでも日記に書けば、自分の成長に絶対に役立つだろう。日記をつけるのは、いわば、自己精神療法を行うようなものだ。周囲のだれにも打ち明けられない思いでも、そこには思う存分吐きだすことができるのだから。

少年の頃にはじめた日記を書く習慣を、30半ばに達したいまも、私はつづけている。一時中断していたのを再開したのは、ドイツでの平穏な暮らしに別れを告げてアメリカに渡り、セリーナのヒッティング・パートナーになったときだった。それを境に、当時、私の人生は目まぐるしく変わった。セリーナがビッグな存在になるにつれ、コート外での私の暮らしにもそれなりの華やかさが加わった。

アカデミー賞授賞式のパーティーに同行したり、各界のセレブと共にコンサートに招かれたり……これはぜひ日記に書き留めておかなければ、と思ったのである。新しく購入した自宅で最初の夜をすごしたときは、「よくぞここまでやってこられたな」と日記に記した。そして、それまで精一杯に生きてきた自分の人生をじっくりと振り返ってみたいと思った。いま、私の日記帳は3冊目になっている。いいことも悪いことも、そこには書きこんである。

日記の効用とは何だろう？

まず頭に浮かぶのは、現在の自分の暮らしを的確に分析できることだ。いまのままでいいのか、それとも、変えたほうがいいのか。変えるとすれば、どこをどういうふうに？その日に経験したこと、感じたことを正直に書く。大事なことはなるべく詳細に書くといい。そうすることで、あなたの頭に長く留まるはずだ。とにかく、忘れないうちに、すべてを正直に書き記したい。

他人には話せないこと、知られたくないことも、日記には書いてきた。日記をつけるということは、ある意味、自分自身を主人公にした映画を撮ることでもある。監督はあなた自身。その日のはじめに、きょうはどういう物語を織りあげようか、と考える。コメディでいくか、シリアスドラマでいくか。自分はヒーローになろうか、悪漢《あっかん》になろうか。そんな楽しみも湧いてくる。

同じことを他人に話すのと日記に書くのとでは、雲泥《うんでい》の差がある。日記に書く場合は、「感情を一切閉めだす」ことができる。これを言ったら相手が気分を害するかどうか、失礼なやつと思われないか、傲慢なやつと憎まれないか、そんな考慮は一切する必要がない。他人の思惑など考えず、正直に事実を記録できるのも日記ならではだろう。

正直に記したものを後になって読み返すと、あなたの生き方を見つめ直すきっかけにもなる。

「何だ、自分はこんなことをしていたのか。これは改めなければ」

と思うこともたびたびのはず。知らないあいだにボーッと生きていたな、とか、逆に、こんなに生き急ぐこともないじゃないか、もっとのんびりと時間をかけて、本当に大切なことを実現していこう——そんなふうに反省するきっかけにもなるだろう。

日記は、気分がいいときに読み返すこともあれば、落ちこんでいるときに読み返すこともある。どちらにしても、現在の仕事における「自分の立ち位置」をはっきりと確認できる。日記に書かなければ忘れていたようなことも甦ってくる。何よりありがたいのは、いいことであれ悪いことであれ、それを経験したときに湧いた感情を、ありのまま追体験できることだ。

テニスの試合の最中、私はいつも途中経過を分析していた。うまくいっていること、いってないこと。そのときどきのなおみのアクション。日によって、フォアハンドに注目したり、バックハンドに注目したり。

試合中の自分のプレイを逐一《ちくいち》覚えているプレイヤーなど存在しない。私は試合中に気づいたことをすべてメモにとり、試合後に読み返して、気づいたことをなおみに伝えていた。自分の気持ちを書き記して、後で読み返すことは、脳を鍛える意味でも役に立つ。成長の推移を冷静に分析できるし、のちのち多角的な判断を下すのにも有効だ。

ノートしたものを読み返すと、自信も深まる。年間を通してプレイヤーと行動を共にしていると、二人でなしとげた進歩の跡《あと》も忘れてしまいがちだ。

2018年の暮れ、なおみと組みはじめた当初からのメモを読み返して、二人が積み重ねてきた改良点の多さに驚いた。私はどちらかというと、次のチャレンジ、次のチャレンジ、と前に目が向くタイプだが、ときにそうしてたどってきた旅の豊かさを振り返るのも、悪いものではない。

なお、巻末に2018年全米オープンの期間中、実際に私がつけていた日記を掲載しているので、ご覧いただけたらと思う。

MEMO

日記に真っ正直に自分をさらけだすことで、感情が整理できる。何か特別なことが起きたら、その実感が薄れないうちに書き残すこと。日記をつけておけば、将来読み返したときエネルギー源にも変わる。

23

「自信」は移ろいやすい。だから一瞬で「最高レベル」にも上げられる

テニスプレイヤーにとって大切なものとは？

「自信」もその一つだろう。

だが、自信、とは感情の一形態にすぎない。これほど移ろいやすいものはない。つかんだと思うと、消えてしまう。それも、一瞬のうちに。

2018年全米オープンにおけるなおみの勝利は、自信というものがごく短期間に強化できることをはっきり示している。あのときニューヨーク入りしたなおみは、WTAツアーで3連敗した後だったから、自信は最低レベルにあった。ところが、わずか2週間後には敵意の渦巻く状況でセリーナを破ってしまう。自信は最高レベルに跳ねあがった。

あなたが俳優であろうと、シェフであろうと、教師であろうと、大企業のCEOであろうと、自信ほど大切なものはない。そしてそれは、どのようにも変えられるのだと言った

ら、安心していただけるだろうか。

実に興味深いのは、どの世界にあっても、「自信満々の人が必ずしも最高の実力者とは限らない」という事実だ。たいした実力の持ち主でなくとも、確固たる自信を抱くことができる。その秘密は、他人の思惑など一切気にかけず、ひたすら自分のしたいこと、得意なことに全力を注ぐ、という点にある。つまりは、それほど単純なことなのである。


自分を暗示にかけるのも効き目がある。

「おれには自信がある」

「わたしには怖いものなどない」

とくり返し自分に言っていると、脳もその通り信じはじめる。すると、これという根拠がなくとも、脳は自信を抱きはじめる。会議の前にトイレの鏡の前に立って、何があろうと自分に怖いものはない、と自信たっぷりに言ってみるといい。

そして、学校やオフィスで不利な状況に直面したとき、いちばんしてはならないのは、同僚や級友との付き合いを絶ってしまうこと。

何であれ自信の持てない人は、世間との交際を絶ってしまうタイプに多い。一つうまくいかないことがあると、それだけで負のスパイラルに陥ってしまう。周囲から孤立して、目に入る何もかもが自分への脅威だと感じてしまう。逆に、世間との付き合いが深まれば深まるほど自信も深まり、何があろうと自分は大丈夫、と思えるようになる。

自信と鍛錬は車の両輪。ハードなトレーニングを重ねて十分な準備ができていれば、自信も湧く。やれるだけのことはやったと思えば、胸中の不安も薄らぐだろう。

２０１８年のオフシーズン、フロリダで重ねたトレーニングの目標の一つは、来期に向けたフィジカルな準備は万全だと、なおみに信じさせることだった。もう一つは、十分な実戦感覚を体にしみとおらせること。

ターゲットは、２０１９年のシーズン開幕直後に行われる全豪オープンだった。そこでコートに立ったなおみに、こう思ってもらう――去年の11月と12月、わたしは自分にできることはすべてやり尽くした、と。そう思いこんでもらえれば最高だった。

オフシーズンはかなり長い。4週間から5週間、なおみは狂ったようにランニングを重ね、食べたいものも食べられなかった。毎日、体のどこかが痛い、とこぼしていた。

だが、オフシーズン中自分はだれよりもハードなトレーニングを重ねた、体力も十分ついている、だからそんなに苦労しなくても勝てるはず、となおみが思えれば、強いストレスやプレッシャーとも無縁でいられる。それは大きな自信につながるはずだった。
オフシーズンにおける私のつとめは、なおみのメンタルを前向きの状態に導いて、やる気を引きだすことにあった。だから過去の試合中の難点には一切触れず、トレーニングの成果をひたすら強調した。なおみをいい気分にさせて自信を抱かせる——それが何よりの目標だったからである。

MEMO

たとえ実力はまだまだとしても、先に大きな自信を抱いてしまえばいい。「自分はできる」と何度もくり返せば、脳もそれを信じるようになる。自信を持つだけでなく努力も忘れずに。その二つは互いに欠かせない両輪だ。

24

迷ったら「絶対に自分ファースト」でいい

プロテニスの世界では、プレイヤーが「利己的」に振舞っても白い目では見られない。実際、「自分は自分」という生き方を貫かないと、まず成功はおぼつかない。名選手は例外なくそういう生き方を貫いている。自分の利益を常に念頭に置いて初めて、道はひらけるのだから。

それは別にプロテニスの世界に限った話ではないだろう。人生の勝者になりたければ、純粋に自己の利益だけを狙った決断を下さなければならないときも何度かある。

「利己主義」というと、とかく悪いことのように思われがちだ。利己主義、という言葉は、軽蔑の意味で使われやすい。利己主義というレッテルを貼られるのを、人は何よりも怖れる。

だが、成功者は例外なく、ときに利己的に振舞う必要があることを心得ている。もし、他者に先駆けて入手したい貴重なものがあるとする。その場合あなたは絶対的なチャンスを逃すまいとするだろうし、その後の行動の過程で他者がいやがる決断を下す必要にせまられるかもしれない。夢の実現を一途に追い求める行為と、利己的な行為とのあいだに、一線を引くのは難しい。目標の追求をあきらめない限り、ときに利己的に振舞うことは避けがたいのではないだろうか。

ただし、一つだけ心しておきたいことがある。利己主義とは、他者の意向をかえりみずに、自分の利益を一途に追求することだ。一日の終わりに自分の顔を鏡に映してみて、自分の目をまともに見つめることができれば問題ない。あなたはただ自分に正直であればいい。

その際、自分は他者を傷つけているかどうか、それでも平気でいられるかどうか、正直に自分に聞いてみる。もし平気だとしても、それはそれでいい。ただし、その場合、自分は他者に嫌われるかもしれない、ということだけは心に留めておいてほしい。

ともあれ、要らぬ後悔はしないに限る。後を振り返って後悔しても、何にもならないのだから。過去にもどって、自分の行為を修正することなどできはしない。

私自身、過去に利己的に振舞ったことは何度もあるが、決して後悔はしていない。テニスのコーチという職業は、だれかの夢の実現を手助けするのが仕事だから、通例は自分の利益を二の次にする。だが、セリーナと別れたときは、利己的に振舞わざるを得なかった。もし私があのまま残っていれば、セリーナは満足だっただろう。だが、私にとっては自分のこと、自分の将来にとって何がベストなのかを考えることが、何より重要だった。それで、7年間つとめたヒッティング・パートナーの仕事を辞めたのである。

これからも将来、利己的に振舞わなければならないときがくるだろうという予感はある。そのときはどう行動するか、覚悟はできている。あなたも、そういう覚悟は決めておいたほうがいい。あなたの人生の主人公はあなた自身なのだから、自分にとって何がいちばん重要か、優先順位を胸に刻んでおくことだ。もちろん、その結果が他者にどう受け止められるかは、常に心しておかなければならないけれども。

MEMO

ときに利己的に振舞わなければ将来がひらけないことは、成功者ならみな心得ている。他人を傷つけずにいられないときは、嫌われる覚悟を。とにかく一度決めたら戻れないのだから、決断したらそれをまっとうするのみ。

25
「ごめんなさい」をＮＧワードにする

プラクティス・コートで練習しているとき、「ごめん」がなおみの口癖だった。何かミスをすると、決まって「ごめん」と言う。ボールがネットに当たったり、コートをそれたりすると、あ、また、「ごめん」だなと思った。で、なおみに言ったのである。

「ねえ、なおみ、ただの練習なのに、どうしてすぐ、ごめん、と言うんだい？　あれはどうしてなんだ？」

「ごめんなさい」が口癖なのは、なおみだけではない。もちろん、「何があっても謝らない」という人がいたら、それはそれで問題だ。それは傲慢さと狭量のしるしであって、円滑なコミュニケーションを阻むものだから。

といって、「ごめん」がすぎるのも問題だと思う。「ごめんなさい」が口癖になると、悪いのは自分だ、自分がいけないんだ、という思考様式に染まりがちになる。すると、ちょっとやそっとでは自信を抱けないようになるし、積極的な思考もできなくなってしまう。

けれども、そう言う私自身、実はなおみと組む前は、「ごめん」が口癖で、何かあるとみんな自分のミスのせいだと思いがちだったのである。自分さえミスしなければ、すべての問題は片づくのだ、と考えていた。そう、自分がしっかりすれば問題は起きないのだ、と。

私は周囲の人間すべての力になりたいと思っていたのだが、もちろん、それは不可能なことで、だからいつも謝っていたのである。そうして自分だけを責める日がずいぶんとつづいたのだが、ある日、いや、もしかすると悪いのは自分だけじゃないかもしれない、という考えが湧いた。ひょっとすると、他の連中にも責任があるのかもしれないぞ。

一例をあげよう。

ビクトリア・アザレンカから、もうわたしと組まなくていいから、と言われたときのこと。アザレンカは理由を教えてくれなかった。妊娠の事実を伏せていたのだ。私は訊かずにいられなかった。

「ぼくが何かまずいことをしたのかな？　そうだったら、ごめん」

ビーカは、そうじゃない、と言う。で、またたずねた。

「じゃあ、何か、ぼくのやり方に足りないことでもあったのかな？」

そんなことはない、とビーカは言う。でも、ぜひ解雇の理由を教えてほしいんだけど、と重ねて訊いても、別にこれという理由はないの、の一点張り。それから3週間というもの、「いったい何がいけなかったんだろう」と考えつづけた。最初から、自分が何かミスをしたせいだ、と思いこんでいたのである。思い悩む日々が3週間つづいたある日、私はツイッターで、ビーカが妊娠していることを知った。なあんだ、と思ったものである。

もちろん、妊娠の事実を伏せるかどうかはビーカの自由だ。振り返ってみて、ビーカがそれを明かしたくなかった気持ちもわかる。けれども、あなたの責任じゃないのよ、くらいは言ってほしかった。その体験から、「何でも自分の責任だと思うとろくなことはない」と覚ったのだった。

私はそうして、自分のせいにしすぎるというメンタルな落とし穴から逃れた。だから、なおみにもそうしてほしかった。事実、なおみもその落とし穴に気づいてくれて、練習中むやみに、「ごめん」と言わなくなった。

MEMO

気安く、「ごめん」と言っていると、「悪いのはみんな自分のせい」と思いがちに。あなたは万事に消極的になり、成功から遠ざかりかねない。場合によっては「他の人が悪いんだ」と考えることも必要。

26 いつも心にプランBを

なおみには、強力なフォアハンドを教えるまでもなかった。一緒に組みはじめたとき、なおみはすでに超速のフォアハンドをマスターしていたからだ。

私としては、ポイントをとるにはそのショットに限る必要はない、ということをわからせるだけでよかった。打つ手はいろいろとある。どの手を、どういうときにくり出すか、それがゲームなのだから。

プランAはだれでも用意している。でも、あなたはプランB、プランC、場合によってはプランDまで用意しているだろうか？　ゲームが動いて、ここ一番が期待される局面になったら、プランE、プランFまで編みだせるだろうか？　どんな分野でも、他に抜きんでている人は、柔軟な頭で情勢を分析し、最良の問題解決策を案出できる人間だ。

実生活に目を向けると、十年一日のように同じ習慣をくり返しながら良い結果を期待する人がいる。しかし、何であれ臨機応変に対処できなければ同じ失敗をくり返すだけ。悪循環を断ち切るには、最初のアプローチがもはや時代遅れであることを認め、まったく新しい問題解決法を見つけることだろう。

なおみの思考の柔軟さに気づいたのは、2018年の全米オープン4回戦でアーニャ・サバレンカと対決したときだった。グランドスラムで初の準々決勝に進めるかどうかの熾《し》烈《れつ》な戦いで、なおみは効果的なショットを素早く切り替えて頭の柔軟さを示したのである。

この試合、最初の二度のマッチポイントで、なおみはサバレンカを動かそうとゆるいリターンを返した。ところが、二度ともボールはコート外に出てしまう。デュースとなったところで、なおみは一つの決断をした。アグレッシブなショットに切り替えることにしたのだ。なおみの強みはもともと強烈なショットだが、あれほどのプレッシャーの下では、同じようなリターンをくり返すほうが楽だったはずだ。けれども、なおみは、ここで戦法を切り替えて、別の手でいかなければだめだと気づいた。

そこで放った強烈なフォアハンドは最良の選択だった。デュースになると、なおみはサバレンカの最初のサーブをダウンザライン（サイドラインに沿う軌道のショット）に打ち返し、またしてもマッチポイントを奪った。このアグレッシブな戦術はサバレンカに大きなプレッシャーを与えたのだと思う。彼女は痛恨のダブルフォールトを犯し、なおみは見事に準々決勝に進んだのだった。

プランBに切り替えるときは癪《しゃく》だと思うだろうし、相当な決断力を要する。だが、その決断は、プランAで成功したときよりはるかに多くのものをもたらす。あのときのなおみの決断は見事だった。彼女の成長を、私はまのあたりにした。人生は、もろもろの問題をいかに解決していくかにかかっている。解決法は、プランAとは限らない。

世界を股《また》に飛びまわりながら、テニスプレイヤーは場所によって変わる「仕事」の条件に適宜対応していかなければならない。条件の変化たるや本当に目まぐるしい。コートも場所によって、ハード、クレイ、芝と変わるし、使用するボールもブランドによって重さが変わる。天気、ホテル、食べ物が変わるのはむろんのこと。

ところで、テニスでよく見逃されがちな、重要な要素がある。試合会場の高度だ。

たとえば海抜数百メートルのマドリードだと、空気が希薄なため、ボールがよく飛ぶ。クレイコートの試合会場では、プレイヤーは当然ボールの打ち方を変えなければならず、ラケットのストリングの張りも変えなければならない。このマドリードからこんどは海抜0メートルの次の試合地に移動すると、プレイヤーはまたゲームプランやストリングの張りの変更を迫られる。加えて試合地から試合地への移動の煩雑《はんざつ》さがある。それは肉体に厳しい負担を強《し》いるし、時間帯が変われば睡眠のパターンも変わる。テニスプレイヤーはあらゆる適応の仕方を学ばなければならないのだ。

暮らしのどんな場面でも、慣れ親しんだ習慣の変更には時間がかかるから、それもスケジュールに組みこむ必要がある。テニスプレイヤーの場合は、各人各様だ。なおみは準備のため早めに試合会場入りするのを好んだが、なるべく長く自宅ですごしたくて、ぎりぎりの時間になって会場入りをするプレイヤーもいる。なおみは、新しい環境に慣れるための時間を数日間はほしがっていた。

あなたはどうだろう?

場所が変われば雰囲気も変わる。それはそこで活動する人の気分や精神状態にも影響を与えずにおかない。にぎやかで活発な雰囲気の場所なら、行動も活発になるだろうし、その逆も言える。静かで平和な環境に身を置けば、人と言い争うこともめったに起こるまい。場所柄をよく見れば、そこにふさわしい振舞い方がわかるはずだ。

戦うメンタルにも環境が影響を及ぼすことは、プレイヤーたちも心得ている。ウィンブルドンの雰囲気は、全米オープンとは大違いだ。ウィンブルドンはのどかな村のようなところだから、プレイヤーもそういう心持ちになる。対照的に全米オープンは、大都会ニューヨークが舞台だ。あふれ返る車や騒々しい雑踏《ざっとう》。当然のことながら、プレイヤーたちの心理状態も影響を受ける。殺気立つプレイヤーがウィンブルドンのときより多いのも不思議ではない。

そうしたさまざまな環境に対応するためにも、日頃からたくさんのプランを準備しておいたほうがいい。

MEMO

プランB、C、D、Eとたくさんの選択肢を持つに越したことはない。環境に応じて臨機応変に変えていくと結果につながりやすく、マインドセットも柔軟になる。逆に安易な習慣をくり返していると、成長すら望めない。

27

#「一度夢に描いたら、わたしは絶対に負けない」――想像力を使って、あらゆる場面を「解決ずみ」にしておく

「想像力」はとてつもない力を秘めている。将来の成功を思い描いて、そのときどんなに楽しい暮らしが待っているか、頭の中に詳細にイメージできれば、実現に近づくだろう。想像の翼を自在に広げると、いまは手の届かないものもリアルに感じられ、実現しようという意欲も強まるはずだ。

全米オープン決勝で憧れのセリーナ・ウィリアムズと対決することになったとき、なおみはかなり前からその瞬間のことをすでに想像に描いていた。ネットを挟《はさ》んでセリーナと向かい合ったらどんな光景が見えるのか。そのとき自分は何を考えているか。何度となくそういう想像をくりひろげていたから、いざ現実にセリーナと対峙したとき、なおみはすこしも動揺せずに、「よし、この試合、わたしは勝てる」と思ったのである。

そういう想像をしていたからこそ、なおみの脳は、試合中、緊迫したさまざまな局面に容易に対処できた。どんなに切羽詰まった場面でも、もう頭の中で解決ずみのシーンとして乗り切ることができたのだ。

なおみは、ただセリーナとの決戦を夢見てあれこれ想像していたわけではない。セリーナに勝つシーンまで想像に描いていたのである。

「一度夢に描いたら、わたしは絶対に負けない」

そうなおみは言っていた。

想像力を駆使して何かをなしとげたら、今度は「別の頭の使い方」の出番だ。つまり、過去の成功の記憶をたぐり寄せること。過去に達成した快挙を思いだすこともまた、脳に新たな刺激を与える。成功したときのメンタルを、再び甦らせることができるからだ。全米オープン決勝に臨んだ際、なおみに大きな力を与えたのも、5か月前のマイアミ・オープンでセリーナを破ったときの記憶だった。マイアミ・オープンもやはりハードコートだったから、自信をいっそう強めることができたのだった。

そういう記憶の効果を倍増させてくれるものとして、ビデオがある。グランドスラムのトーナメントのさなか、同じ相手を過去に破ったときのハイライトシーンをまとめた3分間ビデオをなおみに見せたことがある。なおみが見事にウィナーを決め、相手がミスしたシーンがそこには再現されていた。実は、そのビデオの編集は、知人に頼んでおいたのだった――なおみがその勝利のときの感覚を、ありありと甦らせることができるように。

MEMO

将来の成功をリアルに想像に描くと、現実感が増して目標達成に役立つ。不安を消してメンタルを落ち着かせる効果も。過去の成功を思いだせば当時のメンタルも再現できる。写真や動画もうまく活用してみよう。

28

疑問を持ち、質問できる人ほど強い

無知はメンタルの成長を阻む。

すること、見るもの、すべての意味を問いただそう。自分のしていること、のみならず、自分を取り巻く世界、取り巻く人々についても、好奇の眼差《まなざ》しを向けよう。

好奇心とは、あなたのメンタルが急速な成長をとげようとしている何よりの証しである。それは、学びたいという情熱の代名詞でもあるのだから。

惰性《だせい》に流されて仕事をしたくはない。

自分は何をしているのか、なぜそれをしているのか、どうやってしているのか、それがどんな助けになるのか。その答えを常に求めながら、仕事を進めたい。その仕事が自分の公私の暮らしにどんな意味を持つのか、はっきりつかんでさえいれば、困難に直面しても耐えることができる。

周囲の人間に物をたずねるには勇気がいる。自分の無知を明かすことでもあるのだから。だが、それは同時に、自分が柔軟な心の持ち主で、学ぶ意欲を持っていることをも、明かすことになる。それは周囲の敬意をかちえて、みな温かい協力の手を差し伸べてくれるにちがいない。

なおみはよく私のところにきて、言ったものである。

「ねえ、ちょっと訊いていい？」

いったい何を言いだすのか、こっちは皆目《かいもく》見当がつかない。なおみはときどき、とんでもないことを訊いてくるからだ。でも、なおみの質問はいつでも大歓迎だった。その前に自分でも考えたあげくの問いかけであることが、わかっていたからである。

なおみの質問は、単純なものもあれば複雑なものもあった。テニス関連のものもあれば、人生一般に関するものもあった。度肝《どぎも》を抜かれるようなことを訊いてくることもあるので、次にどんなことを訊かれるか、予想もつかなかった。訊くタイミングもそうで、思いもかけないときに思いもかけないことを訊いてくる。

たとえば、「このエクササイズ、20回じゃなく、12回じゃどうしていけないの？」とか。

メルボルンの練習コートで打ち合っていたときには、途中、急にプレイを止めて、「ねえ、ちょっと教えて」と問いかけてきた。てっきり、打ち合いに関するテクニカルな質問だろうな、と思ったら、とんでもなかった。

「あのナダルだけど、彼はこういうコートで練習できるのかな？」

というのだ。男子テニスのトッププレーヤー、ラファエル・ナダルはベースラインの背後数メートルの位置でボールを打つことを好む。としたら、このコートみたいにベースラインの背後に余裕がなかったら、窮屈すぎるのではないか、というわけである。

「うん、そうね、たぶん、無理だろうな」と応じてから、私はすぐに切り返した。

「でも、ぼくらはこのコートで十分なんだから、さあ、練習をつづけてもらえるかい？」

なおみはにこっと笑うと、すさまじい集中力を見せて、ものすごいボールを打ってきた。

一方、私は私でなおみに訊きたいことはいろいろとあった。質問はコーチングの最良の方法なのである。何かを「上から目線」で講釈するよりも、相手に何かを問いかけて、相手に考えさせる。その結果、相手が正しい答えにたどり着けば、これほど素晴らしいことはない。なおみに、ああしろ、こう考えろ、と押しつけるような独裁者には決してなりたくなかった。

テニスプレイヤーはもともと頑固な人種だ。命令を一方的に押しつけられるのを好まない。それよりも、「自分で何かに気づいた」「何かを考えついた」と自覚できたほうが満足できる。そのとき考えついたことは深く心に刻まれて、長く記憶に留まるものなのだ。

私は過去、人に助けを求めるのをためらうほうだったので、いまは人にいろいろと質問することが楽しい。人の役に立てるとき、私はいちばん嬉しいのだ。

人に問いかけ、物を教えてもらうのは、自分の弱さをさらすことではない。むしろ、強さを示すことなのだ。そのときあなたは、真っ正直な自分を示しているのだから。

MEMO

質問して初めて、自分の取り組みの価値や意味を深く知ることができる。質問がきっかけで何かを覚えれば、それは深く、長く心に刻みつけられる。問いかけられた人は、あなたが柔軟な心の持ち主で、学ぶ意欲にあふれていると思うだろう。

29

肉体を鍛えてしまえば、おのずとメンタルも強くなる

この教えは短く、ごくごくシンプルだが、効果は約束されている。

オフィスワーカーにも、学生にも、アスリートにも、共通の黄金律が一つある——タフな肉体とタフなメンタル、どちらを欠いても苦難を乗り切ることはできない。

テニスプレイヤーがジムで肉体を鍛えるとき、彼らは同時に、トーナメントツアー中に襲いかかる諸々の人生の試練を乗り切るための精神力をも鍛えている。

終日デスクでコンピュータと向き合うオフィスワーカーにしても、同じだろう。必要なのは、苦難を乗り切るタフなメンタルと持久力。

その際、引き締まった健康的な肉体を維持していれば、メンタル面でも役に立つ。シェイプアップされたボディは鏡に映すだけでも楽しいし、よし、やってやろう、という意欲

も湧いてくるからだ。持続力もアップして、仕事中、コーヒーブレークをとる回数も減るにちがいない。

ジョギングでもジムでのトレーニングでも、体を動かしつづけると、抱えている問題解決のきっかけになるかもしれない。

たとえ疲れても、その限界を突破しようと頑張れば、精神面でも肉体面でも、一段上のレベルに到達する。その達成感が自信を生んで、もう一度問題に取り組んでみようという気になるだろう。

そのとき、抱えていたストレスもなくなって、心からの休息も得られるにちがいない。

MEMO

タフな肉体とタフなメンタルは互いに密接に関係している。健康な肉体は自信のもとにもなるし、ジムでのトレーニングは、問題解決に役立つ達成感をも生む。

30

「緊張」したら、徹底的に自分にこもるか、徹底的に騒げ

時と場合によっては、緊張するのもいいことだ。それは精神が集中している証拠だし、頭をクリアにするのにも役に立つ。

でも、すぎたるは及ばざるがごとし。前途に待ちかまえている一戦について、緊張しすぎても、逆に興奮しすぎても、善戦は望めない。何事も度がすぎると、明快な思考の妨《さまた》げになる。

大一番に対してどうメンタルの準備をするかは、プレイヤーによってそれぞれだ。大事な一戦を控えた数時間、あるいは数分間、人によっては完全に自分の世界に閉じこもることを好む。人とは話さないし、人から話しかけられるのも嫌う。

全米オープンでなおみとの決戦を控えたセリーナは、まさしくそうだっただろう。私と組んでいたときのセリーナは、大試合の前には静まり返って、完全に自分の世界に閉じこ

ものが普通だった。周囲の人間はかさりとも音を立てずに準備をし、セリーナの精神の集中を妨《さまた》げないようにベストを尽くす。もしあなたがセリーナのタイプだったら、あらかじめ家族や同僚たちに言っておいたほうがいい——大事を控えて、自分には静かに一人だけの世界に閉じこもることが必要なのだ、と。

初めてグランドスラムの決勝に臨んだときのなおみも、やはり一人静かにすごしていた。通例だと、試合の前はむしろ饒舌《じょうぜつ》になって、家族やチームの面々と談笑するのを好むのに、セリーナとの一戦を前にしたときはちがっていた。

決勝の朝、チームはマンハッタンからトーナメントの会場まで、いつも通りバンで移動した。なおみの家族、チームの面々、それに加えて、その日は私の母まで乗りこんでいた。でも、みんなは車中なるべく興奮を表に出さず、声をひそめて語り合っていた。あの日の午後のスタジアムの喧騒《けんそう》とは対照的に静かな車内だった。

チームの面々は、それまでの試合と変わらぬ空気がなおみを包むように心がけていた。もちろん、みなそれぞれに興奮していたから、それがあまり表に出なければいいと私は願っていた。さもないと、闘う前から闘志がからまわりしてしまうからである。闘志が物を言うのはこれからなのだ。

その日のなおみとは対照的に、大試合を前にすると陽気に騒ぎ立てるのを好むプレイヤーたちもいる。彼らにとっては、それが、体内に張りつめた緊張を解き放つベストの手段なのである。そうでもしないと、緊張のあまり闘志が凍《こお》りついてしまうから。

ビクトリア・アザレンカがまさにそのタイプだった。私がチームの一員だったときのアザレンカは、試合前にはひときわ陽気になって緊張を解きほぐしていた。それが彼女の対処法だったのである。

同じ人でも、大事の前には静かにすごしたいときもあれば、逆に、陽気に騒ぎたいときもあるだろう。どちらもかまわない。自然な衝動には逆らわず、ごく自然に振舞うといい。

MEMO

緊張を解きほぐすには、一人静かに自分の世界にこもるのもよし、おしゃべりもよし。同じ人でも時と場合によって、異なる対処法に従えばよい。人生の一大事においては、闘志を出しすぎないように注意して。

31

「意志力」こそ万能の武器
――セリーナから学んだこと

自分の中にはスーパーヒーローがいる、と私は思うことにしている。で、何かあると、こう自分を叱咤するのだ。

「おい、どうした、サーシャ、こんなとき、おまえのスーパーヒーローならどう切り抜ける？」

私のスーパーヒーローは、椅子にへたりこんでしょげ返ったりするはずがない。私はすぐ気をとり直して、やるべきことをやる。マンガや映画のスーパーヒーローのように、あなただって、いったん腹をくくれば何でもやってのけられるのだ。

「意志の力」の万能性を私に教えてくれたのは、セリーナだった。

「何かを実現したかったら、パチッとスイッチを入れるように自分の気持ちを切り替えればいい、そうすれば不可能なことはない」

セリーナはそうくり返し強調した。

「そんなこと言ったって古い習慣や暮らしぶりを変えるには時間がかかる……」と人は言うだろう。

たしかに、時間をかけなければ変えられないものも世の中には存在する。

だが、「やると思って決めた瞬間に変えられることが、この世にはたくさんあるはず」とセリーナは言うのだ。人間の意志は、人が思う以上にパワフルなのだ、と。

「禁酒や禁煙にすぐ踏み切れない人って、理解できない」

あるときセリーナは言った。

「でもね、一度中毒にかかると、なかなかやめられないものなんだよ」と私は答えた。体は理屈抜きにニコチンやアルコールを欲しがるんだから。するとセリーナはこう切り返してきた。

「人間の意志の素晴らしいところは、こうと思ったらすぐに生き方を変えられる点だと思う。問題のありかはわかっているわけだし、意志さえ強く持てば悪い習慣ともすぐ手を切れるはずよ。要は、そういう習慣と手を切りたいと、どのくらい強く思いこむかじゃない」

その言葉は強く心に響いた。それからほどなく、私もこう思うようになったのである――人間は自分の意志一つで何でも、恒久的に、変えられる、と。強固な意志で行動に踏み切れば、思ったより早く現状を変えられるものである。

MEMO

つらいときは、自分の中の別人格を呼び覚ませ。スイッチを入れるように自分のメンタルを切り替えることができるはず。あなたが思っている以上にパワフルな意志力があなたには備わっている。習慣だって変わる。

32

「のんびり、辛抱」——なおみに教えられたこと

一緒に組んでいたときなおみにコーチしたことが、いまも役立ってくれていたら嬉しい。逆に、なおみに教えられたことも一つある——辛抱の大切さ、だ。

「サーシャはせっかちすぎるよ」

なおみにはよくそう言われた。ホテルからトーナメントの会場に向かう車を頼んだとする。車の到着が予定時刻より数分でも遅れると、練習の時間に間に合うかな、と私はやきもきしてしまう。

そんなとき、なおみから、「大丈夫だよ、すこし頭を冷やしたら」とからかわれることが何度もあった。その通りだった。それでここでは、なおみからの忠告をみなさんにもお伝えしたい。

インスタント時代である。すべてがすさまじいスピードで動く。だれもが即断即決を願

う。

タクシーに乗っていても、携帯で、料理の出前を注文する。ビジネスの用件、日常生活の雑事の変更はもちろんのこと。何でも待ってはいられないのだ。すべてがお手軽に、スピーディに運ぶものだから、自分の用件も即決を期待する。でも、それは現実にはそぐわない。本当は、結果よりも、そこに至るプロセスのほうが重要なことが多いのだから。


たしかに、日常の暮らしでは、あっという間に変更できることがある。でも、本当に大切な分野では、そんなにお気楽に事は進まない。

たとえば、テニスプレイヤーとしての成長とか、人間としての成長とか。短期に結果が出ないとイラつく人がいる。こんなに便利な時代なのだから、自分はすぐに向上できると思うのだろう。

そこで一歩立ち止まって、人生をちがう角度から見直してほしい。人生で本当に実のある変化を生みだすには、時間がかかるのだ。それは洋の東西を問わず、時代を問わず、変わらない。何かをなしとげたくても、遅々として進まないからといって、あなたが悪いとは限らない。成功には辛抱が必要だ。手っ取り早い解決を求めようとすると、足をすくわれることが多い。

MEMO

すぐに結果が出ないからといって、イラつかないで。大事をなしとげるには、それなりの時間がかかるのだから。いくらＩＴ時代でも、人の能力には限りがある。なかなか進まないのは自分が悪いせい、と決めつけないこと。

4章

勝ち続ける

33 ありとあらゆる小さな勝利を、人生最後の勝利だと思って喜ぶ

残念ながら、なおみは最初のグランドスラムの勝利を存分に楽しめなかった。そのことを思うと、いまも心が痛む。

年来のアイドルだったセリーナ・ウィリアムズを全米オープンで破る——それは純粋な歓喜にあふれた瞬間のはずだった。ところが、あのゲームでセリーナ側はコーチングの不正を犯し、セリーナ自身もラケットをへし折ったり、審判にたてついたりしてペナルティを科された。それが観客の怒りをあおって不穏な騒ぎに発展した結果、せっかくの勝利の美酒も、なおみが夢に描いていた通りには味わえなかった。

「きみは素晴らしいことをなしとげたんだ」

試合の後、私は開口一番、なおみにそう言った。

「この勝利を奪いとることなど、だれにもできはしない。きみはスターだ。これは人生最

高の瞬間なんだ。思い切り楽しまなくちゃ」

それからなおみを抱きしめて、思わず涙してしまった。こう言うとみんな驚くかもしれないが、私となおみがこのゲームのことを話し合ったのは、後にも先にもそのときだけだった。

それ以降、なおみは私の前で全米オープンのことを話したがらなかったし、私もなおみのその気持ちを尊重した。なおみにとってはプロのテニスプレイヤーになって以来最高の収穫だったはずだが、この勝利が私たちのあいだの話題になることはもうなかった。

なおみにとっては待望の勝利だったのに、それを心から祝えなかったのは、かえすがえすも残念なことだったと思う。

なぜなら、それがどういう仕事であれ、もし成功裡《り》に終わったら、存分に楽しまなければ嘘だと思うからだ。喜ばしい時間を心ゆくまで楽しめなかったら、人は燃え尽きてしまう。

それは次なる成功を阻む足枷《あしかせ》にもなってしまうだろう。もし存分に成功を祝うことができれば、未来に向かってさらなるエネルギーを蓄《たくわ》えることができる。成功を祝うことは、その成功をもたらした努力そのものに劣らず大切なことだと私は思っている。

あなたがせっかく成功したのに、もしそれを楽しめなかったら、こう自問してほしい。

「自分はなぜこの仕事をしているのだろう？」

一歩立ち止まって、自分のなしとげたことの意味をじっくり考えてみるのだ。「驚くべきことをなしとげた自分」に、ご褒美《ほうび》を与えてやってもいいだろう。


そもそも人が何かの仕事に手をつけるのは、それが楽しいから。ところが、仕事に慣れてくると、もっと改良したい、もっといい結果を出したいという欲が生じ、最初にその道に入った動機がいつのまにか見失われて、楽しさを見失ってしまう。

だが、たとえささやかな成功でも、もし存分に祝うことができれば、最初にその道に踏みだしたときの喜びと興奮を維持できるはずだ。人生で成功をおさめる鍵は、「自分の仕事を愛しつづけられるかどうか」にかかっている。

あの日、ニューヨークで、なおみは何をなしとげたのか。なおみ自身がいずれあのときを振り返って、あの勝利の意味を心から噛《か》みしめてくれればいいと願っている。

なおみほどの若いプレイヤーが最初のグランドスラムで勝利をあげる――これほど目ざましいことはない。あのゲームでセリーナが警告を受け、ポイント・ペナルティやゲーム・ペナルティを科されたためにこちらが優位に立ったからといって、それはいささかもなおみの勝利の価値を損なうものではない。実際、あの日、あんな未曽有《みぞう》の騒ぎにスタンドが包まれたからこそ、なおみの勝利はいっそうの輝きを帯びているのだ。

どんな仕事であれ、あなたが成功をおさめたときは、心から祝うべきだ。たとえその道でもう何度も勝利の美酒に酔《よ》っていたとしても、新たな成功をおさめたときは、こんなことはもう二度と起きないかもしれないな、と初心に帰ったつもりで祝ってほしい。

なおみが全米オープンで勝ったときも、全豪オープンで勝ったときも、私はゲームの後そっとみんなの前から姿を消し、一人で心ゆくまで勝利の喜びにひたった。いずれの場合も、スタジアムから離れた人気のない場所を探し、一人涙ぐんでその場に座りこんだ。

なぜか。その勝利がかけがえのないものであることを肝《きも》に銘じ、その記憶が深く心に刻みこまれるようにしたかったからだ。その機を逃せば喜びの瞬間がすぐに消え失せてしまうことは、わかっていた。だから、ほんの数分でもたった一人になることで、私は勝利の喜びをしみじみと味わうことができたのである。

成功の美酒を、惰性で味わってはいけない。もしあなたが成功に飽《あ》きてしまったなら、その仕事を以後もつづけるべきかどうか、再検討したほうがいい。何か目覚ましいことをなしとげたら、それが二度目でも、三度目でも、いや、十度目であっても、初めてなしとげたように心から喜びにひたるべきだ。

2019年の全豪オープンで、なおみが達成した二度目のグランドスラムの勝利は、最初のグランドスラムの勝利に劣らずスペシャルなものだった。どのグランドスラムだろうと、その勝利の価値に差などあるはずがない。あの日、メルボルンで二度目のグランドスラムの勝ち名乗りをあげ、初めて世界ランクのトップに登りつめたとき、なおみの中では何かが変わった。われわれは新たな歴史の1ページをひらいたのである。

MEMO

成功を心ゆくまで楽しめなかったら、燃え尽き症候群《バーンアウト》に陥ってしまう。どんな小さな成功もかけがえがないもの。もし成功に飽きてしまったなら、その仕事をつづけるべきかどうか、検討し直したほうがいい。

34

名誉と賞賛を笑い飛ばせ

なおみはもう東京の街を、いや、日本列島のどこだろうと、一人で気ままに歩きまわることはできない。もし一人で出歩こうものなら、たちまち人だかりができてしまう。おそらく、これから10年くらいは、自由に東京を歩きまわることはできないのではないだろうか。どうしてもと思えば、以前、実際にそうしたように、ストレートの金髪のかつらをかぶり、帽子をかぶって、サングラスをかけなければならない。

だれもが有名になりたいと思う。だが、いざそれが実現すると、なおみがそうだったように、予想外の混乱に巻きこまれかねない。

どんな職業であれ、それなりの成功をかちえたら、世間に顔が知られてしまう。なおみのように極端ではないにせよ、ひとたび名声を得たら、以後、鵜《う》の目鷹《たか》の目の詮索にさらされることを覚悟したほうがいい。その際心すべきは、「そういうわずらわしさに直面するのは、自分が人生の勝利者になったからこそ」という事実を忘れないことだろう。私自身の知名度など、なおみの足元にも及ばないくらいだが、このまえ日本に行ったときは思いもかけない体験をした。

ある日、ジムのランニングマシーンで汗を流していたところ、一人の熟年の婦人が近寄ってきて、「これいかがですか」とフルーツバスケットを差しだしてくれたのである。これには本当にびっくりしてしまった。私はすっかり恐縮し、マシーンから降りて、予想外の贈り物をありがたく頂戴したのだが――。

わずらわしいまでの世間の好奇心にはどう対処すればいいか。一つの解答は、それを軽く受け流すことだと思う。それをまともに受け止めて悩むのではなく、「これって、なんだか面白い現象だな」と他人事のように見なせば、対処しやすくなる。

2019年の全豪オープンの最中、なおみと二人でメルボルンの街を歩いていると、通りすがりの車が大きくクラクションを鳴らし、ドライバーがなおみに向かって何事か叫んだ。なおみはそこでひるんだりせず、単純に面白がっていた。実際、あの2週間、マスコミがわれわれに寄せた関心は並外れていた。毎日練習するコートには、常に9組から10組のカメラ・クルーが詰めかけていたのだから。

私自身は何年もセリーナ・ウィリアムズのヒッティング・パートナーをつとめた体験から、そういう熱狂ぶりには慣れていた。が、なおみにとっては初めての体験だったと思う。そういう場合、その熱狂ぶりをまともに受けて、カメラの前でブルついてしまうのがいちばんまずい。だから、なおみとの間では、そういう熱狂ぶりを努めてジョークの種にして、笑い飛ばすことにしたのである。

人が自分の知名度や名声を意識しはじめると、とかく問題が起きやすい。それを意識しはじめたとたん、自分がほかの人の目にどう映るかを気にしはじめるからだ。そうなると本来の仕事の努力がおろそかになり､何かにつけ間違った判断を下すようになってしまう。

あなたが多少なりとも周囲の注目を浴びたときは、少し注意が必要かもしれない。マスコミに追いかけられるようなことはなくても、仕事やスポーツで成功して、ちょっとした有名人になることはあるだろう。そんなときは自分を強く持って、他人の意向など一切気にかけないようにすることだ。自分をよく知らない人間の意見になど耳を貸す必要はない。自分を悪く思う人間は、どのみち悪く思うのだから。

と同時に、真の友人は、耳に優しいことよりも、耳に痛いこともあえて言ってくれるものだということも心に銘記しておこう。ゆきすぎた賞讃は、ゆきすぎた批判よりも有害だ。浮ついた賞讃の言葉を信じると、本当の意味での向上心を忘れてしまう。

「あなたはナンバーワン」「あなたは美しい」と言われればだれだって悪い気はしない。だが、私自身がこの世界で見てきた本物の実力者たちは、そういう言葉にはまず惑《まど》わされなかった。日頃、本当に厳しい研鑽《けんさん》を積んでいる人間は、そういう罠《わな》にはまずはまらないものだ。そういう罠にはまりがちなのは、ただ一度の勝利や成功で舞いあがってしまう人間に多い。

そういう人間は、ただ一度の勝利で自分を過信してしまい、それ以降、真剣な鍛錬をなおざりにしてしまう。なおみは明らかにそういうタイプの人間ではなかった。最初のビッグなタイトルを握った後、次のグランドスラムも確実にものにしたのだから。

MEMO

うまくいきはじめたときこそ地に足を着けよう。賞賛や名声は、ときに批判より有害と心得ること。自分の名声が高まったのは、自分が正しい方向に進んでいる証拠だ——そう控えめに思うくらいでちょうどいい。

35

「ナンバーワン」になって変わること、変わらないこと

たとえばテニスの世界ランク1位になったとする。世界一になった気分はどんなだろう、と人は思うにちがいない。答えは、いや別に、だ。そう、何一つ変わらない。ナンバーワンになったところで、特に変わりはないのだ。

それは、誕生日を迎えたときの気分と同じかもしれない。ケーキのろうそくをふうっと吹き消すと、みないっせいに問いかける。

「ねえ、どうだい、一つ年をとった気分は？」

すると、だれもがこう答えるだろう。

「うーん、別にどうってことはないな」

テニスに限らず、他のどんな世界でも、トップになったからといって、その人の思考法や世界観が突然変わるということはない。何もかも一変する魔法のような瞬間など、実は

存在しない。

全米オープンで優勝した後、われわれはすぐ仕事にもどって、練習コートに立った。二人共、何事もなかったかのように振舞った。コートに現れたなおみに、「どう、気分は？」とひとことたずねてから、私はいつも通りの練習をはじめた。この、「いつも通り」という点が、肝心だと思っている。何か大事をなしとげたからといって、舞いあがる必要はないし、仕事の流儀を変える必要もない。

なおみが2019年の全豪オープンで勝って、初めて世界ランク1位になったときも、世界観や人間観が格別変わったようには見えなかった。

どんなジャンルであれ、働いている限りは「平常心」を忘れないようにしよう。世界が一変するなどということはあり得ないのだから。


一つたしかに言えるのは、トップに上りつめるよりトップでありつづけることのほうがずっと難しい、ということ。何しろ全世界がこちらを引きずり落とそうと、虎視眈々《こしたんたん》と背後から狙っているのである。まずそのことに慣れなければならないし、だれもがこちらの弱みにつけこもうとしていることを当然と思わなければならない。

全米オープンでなおみが勝って以降、それにつづく試合を通してはっきりわかったのは、他のプレイヤーやコーチたちがなおみの試合運びを徹底的に分析しているということだった。それは試合相手のプレイぶりにはっきり現れていた。サーブではなおみのフォアハンド側を狙ったほうがいいとみて、だれもが突然、そちらへ打ちはじめたのである。

同じようなことを、別の世界で働く人たちも経験したら、それは「自分の優秀さが認められた証拠」だと思えば間違いない。いざナンバーワンになると、自分がいつも丸裸にされて研究されていると感じる。セリーナなどが、まさにそうだった。が、セリーナはそれに負けずに対抗策を磨き、常に進歩しつづけた。

ライバルたちのあくなき探求、精進、それに打ち克《か》つこともまた自分のモチベーションにすればいい。偉大なライバルがいてこそ偉大なチャンピオンが生まれるのだから。

MEMO

トップに上りつめても、世界観が変わることはない。変わるのは、標的にされてありとあらゆる挑戦を受けること。弱点を狙われたら、相手に認められた証拠と思って自信を持てばいい。

36 傷つきやすいことの意外なメリット

現代社会では、自分の弱さを認めると徹底的に叩かれてしまう。だからだれもが自分の弱さや知識不足を隠そうとする。自分の欠点や重大問題への対応力のなさを公然と認めたりするのは愚の骨頂《ぐ》だと、多くの人が思っている。

それはテニスのプレイヤーも同じこと。

「自分の弱さを認めたら、とたんにライバルにつけこまれる」と大半のプレイヤーが考えている。他の分野でも、事情は変わらないだろう。

だからこそ、なおみと付き合ってわかったことがいっそうの輝きを放つ。なおみは、自分の弱点を公然と認めることを恥とも何とも思っていないのだ。

自分の弱点を認めたからといって、それは人間としての価値をそこなうものではない。それを、なおみは自らの行動ではっきり示していた。自分の弱点を認めることで、人はいっそう強く、大きくなれる。なぜなら、それは自分の人生をより良いものにする最初のステップだからだ。「自分には弱点などない」と公言する人は、自分自身に嘘をついている。自分の弱みを正直に認めてこそ、未来はひらける。

2019年の全豪オープンの数日前、なおみは自分の弱さを最大限にさらけだしていた――ブリスベーンのトーナメントの準決勝で敗れた後の記者会見で、コートで示した自分の態度は最低だったと認めたのである。自分は「ふくれっ面」をし、「幼稚に」振る舞ったばかりか、「どうしていいか途方に暮れていた」、と。

それほどオープンに自分をさらけだすなおみが、私は誇らしかった。3週間後にメルボルンで催された全豪オープンで、なおみは打って変わって冷静沈着さを示した。決勝でペトラ・クビトバを破ったとき、なおみはもう「幼稚」でも「途方に暮れて」もおらず、ピンチを見事に跳ね返して第3セットを奪ったのだった。

ブリスベーンで自分の弱さを公然と認めたことで、なおみは自分のメンタルを見つめ直し、強さと決断力を身につけて全豪オープンを制覇したのである。

だれにとっても、そんななおみはいい模範だと思う。自分がしょげ返っているとき、不安その他のメンタルの苦悩で参っているときは、その心の内面を思い切ってさらけだしてみたらどうだろう。自分ひとりで解決できなかったら、助けを求めてみる。自分の弱さを正直に打ち明ければ、あなたを本当に気遣っている人がきっと助けてくれるはず。そのとき、真の友人がだれかもわかるはずだ。

私は一貫して、プレイヤーと正直に語り合うことを心がけてきた。自分の弱さも率直に認めたし、的確な答えを持ち合わせないときは、はっきりとそう伝えた。そういうことが何度かあったが、全知全能の人間など存在しないのだから、別に恥ずかしいとは思わない。

自分の弱さを明かす、自分にもわからないことがあるのを認める――それはあなたが心の広い正直な人物であることを示す行為だ。何かと知ったかぶりをする人もいるが、そんな付け焼刃《やきば》はすぐにばれて、信頼されなくなる。

私と組んだプレイヤーたちは、腑《ふ》に落ちないことがあると何でもたずねてきた。それに対し、私は何も隠し立てせず、正直に答えた。だからこそ、いまもなんとかコーチの仕事をつづけていられるのだと思う。

MEMO

自分の弱点を明かしても、人間としての価値がそこなわれることはない。かえってあなたの強さを示すことになる。真の友人もわかる。できないことがあるときは、正直にそう言ったほうがいい。

37

良い嫉妬、悪い嫉妬

嫉妬《しっと》は身を滅《ほろ》ぼす。「身を焼き焦《こ》がさないように注意が肝心」とはよく言われる。が、嫉妬という厄介な心情は夢の実現を助けることもあるのだ。

だれかと愛し合っている場合、ちょっとした嫉妬は相手を愛し、評価し、より好きになるのに役立つ。だいたい、嫉妬心がすこしでもなければ、人を愛せないのではないだろうか。

テニスに限らず、どんなスポーツ、あるいはビジネスの世界にも嫉妬は存在する。嫉妬は危険な感情だ、なるべく抑えたほうがいい、とよく言われる。

私は反対だ。嫉妬とは、何かを愛しているしるしなのだから。あなたの属する世界で、だれかが大事をなしとげたとする——たとえばテニスのトーナメントで勝ったとか、有名な賞をもらったとか、大きな契約をかちとったとか。それはあなたのモチベーションに火をつけて、「よし、自分もやらなければ」という思いに駆り立てるだろう。

ライバルに嫉妬を抱くのは、きわめてノーマルで自然なこと。嫉妬こそはライバル関係の駆動力なのだから。プロテニス界でも、偉大なプレイヤーには必ず偉大なライバルがいた。ライバル関係は健全な競争を促《うなが》し、自分ももっと技を磨いて偉大なアスリートにならなければ、という思いに駆り立てる。

だから、あなたも進んで、「自分が嫉妬に駆られるような相手」を探したほうがいい。ジムでも、テニスコートでも、あるいはオフィスでも、自分より強く、有能で、技量にまさる人物を友にするのだ。すると、すこしでもその友に近づきたくて、もっと頑張ろうという気になるだろう。

セリーナ・ウィリアムズの最大のライバルは、姉のビーナスだった。

ビーナスと共に暮らし、共に成長したセリーナは、常にビーナスと共に練習して、ビーナスに追いつき、追い越そうと努めた。その結果、現在のセリーナがある。

なおみにはまだ偉大なライバルはいない。なおみはキャリアが短いから、これというライバルもまだ現れないのだ。しかし、いずれはなおみが嫉妬するようなライバルも生まれ、それはなおみの一段の飛躍を促すにちがいない。

嫉妬が危険なのは、自分が持っているものより持っていないもののほうに気をとられるときだ。そのとき嫉妬はあなたをさいなみはじめ、あなたはその感情に圧倒されて盲目になる。他人が持っているのに、どういうわけかあなたが持ち得ないものにこだわりはじめると、嫉妬は身を滅ぼしかねない。それはあなたの中に怒りをかき立て、向上心も薄れてしまう。

だれか他人の動向にこだわりすぎるのも問題だ。そのとき、あなたはすでに自分を忘れているのだから。自分を向上させようとするエネルギーが、他人の動向を気にかけることに費やされたのでは、成長は望めない。

そんな嫉妬に身を焦がしすぎると、ライバル関係が怨恨《えんこん》のもとになってしまう。そのときなのだ、嫉妬が本当に身を滅ぼしはじめるのは。

MEMO

嫉妬は身を滅ぼすと思われがちだが、高みを目指すエネルギー源にもなる。ただし、自分が「持っていないもの」が気になりだすと、負のモチベーションが生まれる。他人の動向にこだわりはじめたら要注意。

38
メンタルの成長を妨げる「依存性の罠」に注意

スポーツ選手ならだれもが親しんでいるスポーツドリンク。だが、そこに、依存性の罠がある。

試合中に好みのスポーツドリンクを飲むのはかまわないが、四六時中、練習コートでも飲むのは避けたほうがいい。それが習慣になって、それなしには力を発揮できない、と思ってしまいがちだからだ。テニスに限らない。どんな分野でも、依存性をもたらすものに固執《こしつ》するのは避けたほうがいい。

ルーティーンの効能について先に述べたが、ルーティーンは特定の必需品に頼らないものにしておくべきだ。「それがないと普段の力が出せない」という依存とははっきり線を引く必要がある。

ちなみに女子のテニスプレイヤーは試合中にコーチをコートに呼んで助言を求めること

が許されているが（グランドスラムを除く）、それも、私はどうかと思っている。できれば、プレイヤーは試合中、純粋に独力で難局を切り抜けてほしいと思うからである。

ゲンかつぎの一つとして試合前に音楽を聴いたりするのはいいとして、ランニングしているときやジムでトレーニングをしているときは、音楽断ちをしてみることをお勧めする。実は筋トレ中には、筋肉と同じように脳も鍛えられるからだ。

ふだん、音楽を聴きながら走ったりウェイトトレーニングをしたりしているとき、脳は音楽に気をとられている。つまり、その間、脳のトレーニングはお留守になっているのである。

せっかく筋肉を鍛えているのだから、同時に脳も鍛えたほうがいい。ランニングやウェイトトレーニングを、音楽を聴かずにやってみると、最初は気がのらないかもしれないが、後ですごく気分がよくなるはずだ。まずは15分ほど、音楽を聴かずにトレーニングしてみるといい。きっと、あなたが抱えている問題の素晴らしい解決法などが浮かんでくるだろう。

その効果は、浴槽《よくそう》にゆったりと身を横たえるときのそれに似ている。完全な静寂の中で浴槽につかれば、心身共にくつろいで、じっくりと思索にふけることができるのと同じなのである。

MEMO

ものにしろ人にしろ、何かに依存しすぎるのは危険。あなたが頼りにするのはあなた自身。あなたさえいれば、いつでもどこでも実力を出せるように。

39 「二番目」に甘んじるのは、自分を大切にしない人

この世には、「二番目」に甘んじる人がいかに多いことか。もっといい条件、破格の条件をオファーされて当然の実力を備えているのに、彼らはつまらない条件に飛びついてしまう。

それはたぶん、「自尊心」が足りないせいだと思う。自分の実力、これまでの業績を考えれば、もっと高いオファーを受けて当然なのに、妥協《だきょう》してしまう。

自尊心を持つということは、一定基準以下のオファーは受け入れないということだ。それなりの成果を上げ、業界内の評価も上がってきたら、受け入れる基準も上げてしかるべきだ。ある水準以下の条件は受け入れない、とあらためて確認しよう。それだけの努力をしてきたのだから、当然だ。

こう言うと偉そうに聞こえるかもしれないが、私は自分の力をそれなりに評価しているので、世界ランクの相当下位のプレイヤーのコーチはあまり引き受けたくない。

その一方、たとえランク上位であっても、金輪際《こんりんざい》コーチ役はお断りと言いたいプレイヤーたちもいる。彼女たちが過去、契約したコーチをどんなにひどく扱ったか知っているので、そのお相手をつとめようという気はさらさらない。たとえ世界ランク10位以内であろうと、一緒に働く気はしない。ひどい結果になるのはわかり切っているから、そもそも交渉のテーブルにつくつもりもない。

たとえコーチ役のオファーが皆無だったとしても、自分を安売りするくらいなら、フロリダのアマチュアクラブで趣味のテニスを楽しむ人たちの手助けをしたほうがよっぽどいい。

とにかく、見ていると、慌《あわ》てて決めてしまう人が多すぎる。提示された最初のオファーに飛びついたり、関心を示した最初の人物とすぐ商談に入ったり。これ以上条件のいいオファーはこないだろうと思って、売り値を下げてしまう。

そういう人たちは、自分で自分の価値を軽視しているのだ。もしこちらの希望にそわないオファーだったら、きっぱりと断るか、もっと良いオファーがくるのを待ったほうがいい（もちろん、あなたが経済的に逼迫《ひっぱく》していたり、借金に苦しんだりしている場合は別だが）。私自身は、点々と職場を移り変わるコーチにはなりたくない。自分の実力を生かすための確たる長期目標がある場合は、目先にとらわれて売値を下げないほうがいい。せっかくの長期目標も崩れてしまうから。

自尊心がないあまり、プレイヤーを恐怖心で支配しようとするテニスコーチがいるのも問題だ。なおみをはじめ名だたるプレイヤーをコーチしてきた私は、彼女たちに私を恐がってほしいなどと思ったことは一度もない。

プレイヤーも人の子。恐い人よりは、尊敬できる人に教えてもらったほうがいいと思うだろう。敬意ではなく恐怖で支配している人間は、心からの信頼など得られはずがない。プレイヤーたちの忍耐にも限度がある。「あなたなんか怖くない」という意思を示そうと、公然と反旗を翻《ひるがえ》すこともあるにちがいない。

それにしても、敬意と恐怖をとりちがえているビジネス界の人間がなんと多いことか。恐れられるより尊敬されてこそ偉大な指導者なのに。独裁者の治世は決して長つづきしない。単なる恐怖によって人を長く支配することはできないからである。それはオフィスのトップも同じで、やたらとボス風を吹かして人を長期に支配することなどできはしない。「尊敬」を金で買うことなど不可能だ――尊敬は努力してかちえるもの。敬意をもって他者を遇すれば、自分も敬意を抱かれるようになる。

もちろん、自分が敬意に値する人間であることを態度で示すことも重要だ。何かを人に説くときは、それをまず自分で実行しなければならない。

だから、私はテニスコーチとして、日頃から、規律ある暮らしを心がけている。食生活に気を使い、ジムでのトレーニングも絶やさずに、引き締まった体型を維持しているのもそのためだ。プレイヤーも、その点を見逃さずにいてくれればいいのだが。もちろん、プレイヤーの成長を手伝うためならなんでもするのが、私の主義ではあるけれども。

MEMO

いまの場所にたどりつくまでに、自分がどれだけ努力してきたかを思いだしてみて。「二番目」がそれに相応しい場所だろうか？　仕事を選ぶときは、自分の価値を、決して安売りしないように。

40

もうやってられない、と思うとき

仕事に飽きてしまったらどうするか――だれにとっても、他人事ではない問題だろう。なおみ、キャロライン・ウォズニアッキ、ビクトリア・アザレンカといったエリート・アスリートでも、テニスの練習中に、こう思うことがあるにちがいない。

「ああ、もう飽きた。やってられないわ」

テニスコートであろうとオフィスであろうと、そこで毎日同じ仕事をくり返していれば、いつかは必ず飽きてくる。同じ作業のくり返しに退屈し、熱意もエネルギーもしぼんでいく。

では、どうすればいいのか。有効なメソッドが一つある。「この作業をつづけているといずれは飽きる」ということを前もって頭に入れておくのだ。だれかのコーチになると、私は最初に、「この練習をつづけていると、いずれ飽きるかもしれないよ」と警告を与えておく。それによってプレイヤーたちは、あらかじめ心の準備をすることができる。

いまの仕事の目的は何なのか、達成する期限はいつなのか。それをはっきり頭に入れておくことも、役に立つ。

「1週間、毎日チキンとサラダの食事をとれ」と言われたらげんなりするかもしれないが、「その代わり2か月後のリゾート・ビーチでは見事にシェイプアップされた水着姿を披露できる」と聞かされれば、そうか、やるしかないわね、と思うだろう。だから私も練習コートでは、そのトレーニングがなぜ、どういう場面に役立つのかを、はっきりとプレイヤーに説明することにしている。

毎朝7時に起きて歯を磨き、一日の日課がはじまる。今日、明日、明後日、何をして、どんな成果が上がるか、はじめる前からわかっている。飽きるのは当然だ。しかし、だからといって、当面の仕事そのものを変えようとするのは早計だと思う。その点、テニスプレイヤーは、トーナメントからトーナメントへと、さまざまな都市間を移動することで、変化を味わえる。

同様の効果をもたらす変化を、普通の仕事の場でも演出してみてはどうだろう。週に1日か2日、ノートパソコンを近くのカフェに持ちこんで、仕事環境を変えてみる。もしくは、職場は変わらなくとも、デスクや椅子の配置を変えて、雰囲気を変えてみる。仕事の内容は同じでも、環境の雰囲気が変われば、また新鮮な気分でとり組めるのでは？

始末に負えない「飽き」。これに打ち克てるところまでいけば、かなりメンタルが強い人と言っていい。

スリルを追うことに逃げ場を求めても、根本的な対策にはならない。テニスのプレイヤーにも、試合中、何か新味を出そうとして、突拍子《とっぴょうし》もない戦術に切り替える選手がいる。相手のブレークポイントのとき、突然、サーブ・アンド・ボレーに打って出たりとか。けれども、そういう誘惑にのった者が成功した例は、あまり見たことがない。

MEMO

「いつか飽きる」と最初から覚悟し、準備をしておこう。飽きたからと安易に仕事を変えようとするのは弱いメンタルの証拠。仕事の環境を変える、自分へのご褒美を準備して乗り切る、などの方策を。

5章

人生も「心の力」で動かせる

41

「そこまでするか？」と思われてもいい

「濡《ぬ》れ手で粟《あわ》」はテニスの世界に通用しない。実生活でもそうだろうと思う。何か重要なことをなしとげるには、それ相応の犠牲を払うことが不可欠だ。その見返りがすぐ得られることはまずないが、自分を信じて目標に向かって進めば、最後には必ず努力が報われる。

この仕事をはじめてから、私はずいぶん犠牲を払ってきた。

２０１８年を通じて、なおみと別行動をとった日はたったの13日。セリーナと組んでいた頃も、年間３００日は彼女と行動を共にしていた。そんなだから、妹の結婚式にも、友人の結婚式にも出られなかった。母が再婚したときも、欠席せざるを得なかった。

祖母がこの世を去ったのは、２０１９年全豪オープンの数日前だったから、もちろん、ヨーロッパに渡って葬儀に参加することなど不可能だった。メルボルンのホテルの一室で、ひとり静かに祖母の冥福《めいふく》を祈ったことを覚えている。

これまでに出席できた家族行事などほとんどない。それがたぶん、トーナメントで世界中をまわるこの仕事の、いちばんつらい点ではないだろうか。自分の再婚の式の当日に息子の顔を見られなくて、母はずいぶん悲しんだと思う。だが、テニスのコーチの仕事に一生を賭けると決めた以上、犠牲を払うのは当然なのである。

そんな私も、世界を飛びまわるのに疲れたことが、実はまったくなかったわけではない。2017年の暮れにキャロライン・ウォズニアッキと別れたのは、地球を股にかけた暮らしに、少々嫌気がさしたからだった。

私の自宅はフロリダのパームビーチ・ガーデンズにある。めったに帰れないその自宅で、すこし落ち着きたくなったのだ。そうしてキャロラインと別れたところ、3日とたたないうちに、1本の電話がかかってきた。大坂なおみのエージェントからで、なおみがコーチを探している、という。なおみと会ったその日に、私はまた地球を股にかけた仕事にもどりたくなっている自分に気づいたのだった。

幸運だったと思うのは、周囲の人間がみな、私の目的、そのために払っている犠牲の大きさを、理解してくれたことだ。

犠牲を払うことの重要さを知っている点では、なおみも同じだった。

2019年の全豪オープンの数日前、なおみは「ローラーコースターに乗りたい」と言いだした。「それはどうかな」と私は応じた。「ひょっとして背中を痛めるかもしれないから、やめたほうがいいよ」と。

いくらハードワークをいとわないなおみでも、たまには羽目を外したくなるのも無理はない。だが、彼女は同時に、犠牲を払うことの重要さも理解していた。ローラーコースターを断念したのが効いたのかどうか、結局なおみは、二度目のグランドスラム制覇の栄誉と世界ランク1位の座を確保して、オーストラリアを去ったのだった。

犠牲を払うということは、言い訳をしない、ということにも通じる。私はどんな言い訳もしたくない。なおみと組んでいるあいだ、彼女にも言い訳をしてほしくなかった。たとえばシーズン前のトレーニングやトーナメントへの準備を振り返って、ああすればよかった、こうすればよかった、と愚痴《ぐち》るようなことをしたくないのだ。

何かやり残したことがあって悔いが残るときは、それが必ず顔に出る。敵は目ざとくそれを見つけて、つけこんでくるだろう。だれもが警戒するような、やる気十分な雰囲気をいつも身にまとっていたい。

払う犠牲が大きければ大きいほど、周囲の人間もあなたの真剣度に気づいて、しっかり対応してくれるはず。私は、プレイヤーたちに存分に練習してほしいからこそ、どんな犠牲もいとわずに仕事をしている。ある日、試合中にへばってしまって、もうこれ以上無理と思ったプレイヤーも、コーチの私が彼女のために払った犠牲を思いだしてくれれば、闘志を甦らせてくれるかもしれない。

セリーナ・ウィリアムズにはじまって、ビクトリア・アザレンカ、スローン・スティーブンス、キャロライン・ウォズニアッキ、そしてなおみと、錚々《そうそう》たるプレイヤーたちとこれまで組んできたのだが、私は一貫して、自分よりも彼女たちの利益を優先してきた。あるとき、なおみに訊かれたことがある。

「ねえ、あなたも現役時代、闘争本能を燃やしてた?」

「いいや」と答えると、なおみはびっくりした顔で訊き返した。

「本当、それ?」

なおみには理解できなかったのだろう、現役のプレイヤーならだれしも闘争本能に燃えているのが当然と思っていただろうから。正直な話、現役時代の私は、それほど熾烈な闘争本能に動かされてはいなかった。人を押しのけても勝とうという気にはなれなかったのである。私が一流のプレイヤーになれなかったのも、たぶん、そのためだ。
ところが、現在、コーチとして働いている私は、「組んでいるプレイヤーには何がなんでも勝たせたい」という闘争本能に燃えている。われながら奇妙な精神構造だと思うのだが、事実である。

セリーナと組んでいた当時、ミュンヘンで短い休暇を楽しんでいたところ、真夜中に――ドイツ時間で午前2時頃だったと思う――アメリカのセリーナから電話がかかってきた。「ねえ、すぐもどってきて」

予約された飛行機の時間をたずねると、午前9時だという。家族や友人たちに別れを告げる暇もなく、その飛行機に飛び乗った。日頃からバッグに日常の必需品を詰めこんであるのは、まさしくこういう電話に備えてのこと。相手がどんなプレイヤーであれ、オフの日もこういう不意の呼び出しに備えて、私は常に携帯電話をチェックしている。

「やり足りないより、やりすぎるほうがいい」というのが亡き父の口癖だった。たしかに、万事テキトーでいいというプレイヤーより、口うるさいほどのプレイヤーと組むほうが、いまは楽しい。

1位にならなくても2位でいいや、と思う人たちがいる。他人を押しのけるのが苦手なのである。私もそうだったのだが、コーチとしてプレイヤーと組んでいると、何がなんでも1位にさせてやりたいと思う。現役時代の私は、試合の前夜も気軽に飲みにいっていた。でも、いまは、午前中プレイヤーとトレーニングしていたら、その晩は必ず9時までに床《とこ》についている。

なおみと組んでいたときも、彼女が余計なことを考えずにすむように全力を尽くした。なおみがコートに現れれば、そこには新しいグリップのラケットが用意されており、ボールが用意されており、そしてもちろん、私も待機している。なおみはただラケットを握ってボールを打ち返すだけでよかった。

練習の場所や時間、それが終わってからのスケジュールなど、すべてが決められており、なおみが練習以外のことに頭を使う必要は一切なかった。なおみの洗濯物をあずかったり、ランチをとりにいったりする雑事まで、私はときどきこなしたものである。

実際、犬の散歩まで含めて、プレイヤーたちからは突拍子もない依頼をよく受けた。セリーナからは、こんな頼まれごとも珍しくなかった。

「ねえ、いま時間が押しているのよ。代わりに犬の散歩をさせてきてくれない？」

セリーナは試合前に他のプレイヤーと顔を合わせるのを嫌う。だから、レストランからランチを買ってきて、控え室に一人こもっているセリーナに届けることもよくあった。「そこまで卑屈《ひくつ》に振舞うことはない」と考えるコーチは大勢いる。でも私は、「もっと雑事を引き受けてもいい」とすら思っていた。それによってプレイヤーが余計なエネルギーを費やすことなく、コートで全力を発揮できれば本望と考えていたからだ。

コートで初めて顔を合わせた瞬間から、私は自分という人間の何たるかをなおみに示した。公式なコーチングを開始する前に、なおみはテストのつもりで私をクリス・エバート・アカデミーのトレーニング本拠地に招いた。

だが、コートに立って5分もしないうちに、私はアクシデントに見舞われてしまったのである。最初のウォーミングアップでなおみとフォアハンドで打ち合っていたところ、ちょっと足首をひねってしまった。靭帯《じんたい》を損傷したことは、すぐにわかった。激痛が走った。

すぐプレイをやめるべきだったのだが、私はもうなおみを気に入っていたし、彼女の役に立てると確信していた。そのときは何も言わなかったのだが、なおみはもちろん、私の異常に気づいていた。後でパパに、「あの人大丈夫かしら」と訊いたらしい。翌日、足首はパンパンに腫《は》れあがったが、なおみとの練習は休まなかった。

のちに「ぼくを雇ったのは、なぜだったんだい？」とたずねた私に、なおみは答えた。

「あなたはとても感じがよかったし、最初にテストの練習をしたとき足首をひねったのに、痛い素振りをぜんぜん見せなかったから」

ちなみに、痛みを押してコートに立ったのは、それが二度目の体験だった。最初はウォズニアッキと組んでいたときで、指が骨折していたのを我慢してラケットを握った（その指は完全には回復せず、いまでもすこしねじくれている）。

なぜそんな無茶をするのか？　答えは簡単で、あなたくらいぼくの人生で大切な存在はない、ということをプレイヤーに示すため――それ以外にない。

MEMO

いつも犠牲を払ってこそ、人生における長期的成功が視野に入る。「この人のためなら」「この仕事のためなら」と思えれば、つらくはない。人生を左右する場面では無理も必要。相手はちゃんとあなたの心の強さを見ている。

42

日本文化に学んだこと――「感謝」の気持ちがあなたを墜落から守ってくれる

なおみと行動を共にするようになってから、私はずいぶんと日本文化の影響を受けてきた。日本人がいつも感謝の心を忘れずにいることは、とても素晴らしいと思っている。そういう姿は、見ていて美しい。ずっと以前から信じてきたのだが、人はだれでも自分がいま持っているものに感謝すべきだと思う。なおみのコーチを引き受けて、日本ですごす時間が多くなってから、その信念はいっそう強くなった。

感謝の心を忘れた瞬間、人は自分を生んでくれた土壌を忘れ、自分を見失ってしまう。星に願いを込めるのもいいが、地にしっかりと足を着けて自分を見定めることも大切だ。謙譲と感謝の心を失わないようにしたい。

食事をするとき、私はきまって手を組んで頭を垂《た》れ、これからいただくものに対する感謝の言葉を頭の中で静かに唱《とな》える。私はセルビア正教会の信徒として育てられたのだが、頭の中で唱えるのは形式的な祈りではない。これから食べるものに感謝をし、それが自分に力を与えてくれるように祈る。

するとそのとき、自分が15のときに亡くなった父に話しかけているような気がしてくる。自分が感謝していることを父に知ってもらい、いまの自分を父が誇らしく思ってくれるように祈る。そのとき私は、自分の友人や家族を父が天上から見守ってくれていることにも感謝しているのだと思う。日頃トーナメントで各地を移動していても、飛行機が目的地に着陸すると、私はいつも知らぬ間に、自分を含め乗客のすべてが無事に到着したことに感謝する言葉を頭の中で唱えている。

父の死後、私はかなりスピリチュアルになった。それであの難しい時期を乗り越えられたのだと思う。困難に直面して出口が見つからないときは、やはり何か信じられるものが必要だ。でも、私は、追い詰められたときだけ天に助けを求める男ではありたくない。何も困っていないときでも、祈りを唱える男でありたい。

スピリチュアルといえば、なおみが幽霊とか精霊といった超常現象を怖がっているのは知っている。まだ10歳くらいの頃、なおみはある晩悪夢にうなされ、真夜中にお母さんの胸に飛びこんだことがあるそうだ。するとお母さんは、なおみの寝室中に塩を振りまいた。塩は悪霊を遠ざけると日本では信じられているのだ。なおみもやっぱり、理屈では割り切れない何かを信じているのかもしれない。

人はえてして自分がいま持っているものの価値を忘れてしまう。残念なことに、それが奪われて初めて、いかにそれが貴重だったかに気づくのだ。

私が毎度の食事に感謝するのは、かつて三度の食事の費用にもことかいていた時期があったからである。まだ10代の少年だった頃、私は、たいして上等でもない昼食の代金を稼ぐのにも必死で、何でもやった。木こりまがいの仕事までやったものだ。当時は、くる日もくる日もパンとリンゴだけを食べて、なんとか生き延びていた。だからこそいま、最低限、食べたいものを食べられるだけの余裕があることを、心からありがたいと思う。

かつて、アメリカ人のプレイヤー、スローン・スティーブンスと組んでいたとき、私は経済的にかなり苦しかった。一定の稼ぎはあったのに、お金の運用に失敗したため窮地《きゅうち》に陥ってしまったのである。

預金通帳の残高がゼロになってしまい、友人からお金を借りてなんとか昼食代にあてたことも一度や二度ではきかない。追いつめられた原因はだれにも明かさなかったけれども、さすがに自分が恥ずかしかった。アメリカの国籍がなかったため、銀行もローンや貸し越しに応じてくれない。すこしでも息をつきたくて、腕時計を2、3、売りに出したこともある。あのときは本当に苦しかった。それもこれも、自分がお金の運用を間違い、まずい手を打ったためだったのだけれど、それでも苦労の末、なんとか窮地を脱することができたのだった。

もっと、もっと、と欲しがるのは人間の常だろう。たとえどんなに豊かな物持ちになろうと、人間は満足できない。でも、たとえ物を際限なく買い求めたところで、人は幸せにはなれない。車が15台あれば満足だと思っていても、15台目の車を手に入れたとたん、16台目がほしくなるにちがいない。

だから、一歩踏みとどまって自分の暮らしを見直し、幸せが実はどこにでも転がっていることにあなたも気づいてほしい。要は心の持ち方なのだと思う。

MEMO

ごくささやかな物にも日頃から感謝することを忘れずに。一度深呼吸して、いまの自分の暮らしをじっくりと見つめ直してみよう。足ることを知らなければ人は永遠に幸せにはなれないだろう。

43

お金ではなく、好きなことに熱中する人ほどお金に好かれる

なおみをひたすら衝き動かしていたのはお金ではなかった。

それは全米オープンで勝ったときに証明された。あの勝利で、なおみは数百万ドルもの賞金を得たのに、自分へのご褒美に買ったのはプレイステーションとセーター1着くらいだったのだから。それは二つ合わせても、数百ドル程度にしかならなかっただろう。

それより前、2018年のパリバ・オープンを制覇したときには、私たちはそのお祝いに映画の『ブラックパンサー』を観にいった。とても楽しかった。ショッピングで羽目《はめ》をはずすようなことは、なおみには無縁だった。

なおみ同様、私のモチベーションもお金ではない。お金だけが目当ての暮らしはつまらないと思う。

一見、非合理に聞こえるかもしれないけれど、もしお金を獲得目標の優先順位の下のほ

うに置けば、結果的にはいまよりずっとリッチになれるはずだ。夢をひたすら追い求め、好きなこと、夢中になれることに情熱を注げば、きっと目的はかなう。すると、後から必ずお金もついてくるのである。

もちろん、生きていくうえで、お金は絶対に欠かせない。けれども、ただリッチになることだけをモチベーションの上位に置くと、どんな決断もお金に左右されてしまう。それはかえって成功の妨げになるのだ。

銀行口座の残高を自分の価値や幸福の目安にすると、結果的に自分の足を引っ張るような決断を下しかねない。

自分の好きなことをする。と同時に、目先の大金に目を奪われずに、自分のキャリアに長期的にプラスになるものは何かを考えたほうがいい。たとえ報酬《ほうしゅう》が安かろうと、気に入った仕事に情熱的に取り組んでいい結果が出れば、将来は明るいはず。逆に、高額の報酬が約束された仕事でも、将来まで保証されるとは限らない。

私の場合がまさにそうだった。実は、なおみと組むことになったとき、収入は大幅にダウンしたのである。それまでキャロライン・ウォズニアッキと組んでいたときより、サラリーはずっと減ってしまった。でも、私はなおみの潜在能力を信じていたし、それを引きだす自分の能力も信じていた。なおみと組んだときのモチベーションは、決してお金ではなかった。

何よりも、それまでよりずっと大きな責任を負うこと——ヘッドコーチに就くのは初めての体験だった——が魅力だったし、なおみの隠し持っている力にも魅《ひ》かれていた。一緒に組みはじめてから1年あまり、私はなおみの夢の実現のために全力を傾けた。すると現実的な収入も——二つのグランドスラム勝利のボーナス等を含めて——しだいに増えていったのである。好きなことにひたすら情熱を傾ければ、お金は後からついてくる——私の場合など、その好例ではないだろうか。

お金のことをあからさまに語るとき、人はバツの悪さを覚える。つまり、それだけお金のことを意識しているせいだろう。あなたの収入はおいくら、などと真正面から訊こうものなら、失礼なやつだな、と思われる。親しき仲でも、それは差し控えるべき問いなのだ。

でも、私自身はお金のこと、自分の収入などについては比較的オープンに語ってきた。お金のことをあまり重要視していないからである。お金がないときは使わなければいいのだし、お金があるときは喜んで友人たちとの付き合いに使う。私は幸い、自分の能力を信じていられる。ラケットを握れる限りはなんとかやっていけると思っている。

実際、いまの自分の仕事くらい好きなものはない。であればこそ、ある程度の成功をおさめられたのだろうと思っている。世界最高のテニスプレイヤーになるという夢の実現、それを手助けするのがテニスコーチの仕事だが、それが私は大好きなのだ。お金は二の次で、この選手とは気が合わない、うまくやっていけそうもない、と最初に思ったら、とてもその選手から報酬をいただく気にはなれない。

MEMO

お金は優先事項の下位に置いて、夢の実現に情熱を注ごう。すると、お金も後からついてくる。巨額の報酬が約束される仕事が将来の成功を約束するとは限らない。本当にリッチになったとき、人はその真価を世間に示すだろう。

44

科学的にも証明された「笑い」は成功を近づける

笑いは不思議な力を秘めている。

学校でも職場でも、ジョークを言ったり、からかい合ったりして一緒に笑うと、和《なご》やかな雰囲気が生まれる。笑ったときは、幸福感を生むエンドルフィンというホルモンが分泌される。そのときがいちばん、生産力も高いのだ。

なおみと組んでいたときも、笑いが大いに役立った。なおみは本当に面白い女の子で、おかげでコーチングにも弾みがついた。

お互いにジョークを言い合って、いつも和やかな雰囲気に包まれていたことは本当に助かった。お互いのユーモアのセンスも似通っていた。二人でいつもからかい合っては、他愛ないジャブの応酬をしていた。

一例をあげると、こんなことがあった。ある日、なおみがジムのランニングマシーンで

チームなおみではおもちゃの銃でカラーインクを撃つ「ペイントボール」も楽しんだ

走っていた。朝の練習の後、かなりへばっている様子だったので、私は声をかけた。

「どうした、足がふらついているじゃないか、なおみ」

するとなおみはマシーンを止め、つかつかと歩み寄ってきたと思うと、私がはいていたシューズを無理やり脱がして、ぽーんと放り投げてしまったのである。ジョークのおかげで、二人の仲は円滑だった。私が携帯をテーブルに置いたまま中座してもどってくると、それは必ずどこかに消えていた。

大きなストレスやプレッシャーにさらされているとき、罪のないジョークは緊張緩和剤の役を果たしてくれる。

2018年の全米オープンでのこと。ある

日、試合前のなおみの緊張をほぐしてやりたくて、私はジムで、おどけて踊ってみせた。そのとき、報道のカメラがジムに入っていることには気づかなかった。そのシーンはたちまちソーシャルメディアにアップされたばかりか、テレビでも流されてしまったのである。なおみや私をはじめチームの面々は、それを見て大笑いした。全員でコートにもどるときの雰囲気が和気あいあいだったのは、言うまでもない。

別のトーナメントでは、こういうこともあった。試合の途中に、なおみからコーチングを求められる。コートに駆け寄りながら、私は、テクニカル、あるいはメンタル面で、どういうアドバイスをしようか、としきりに考えている。で、なおみの前にひざまずくと、なんと彼女は開口一番、ジョークを飛ばすのである。ああいうウィットは、私も大好きだった。深刻にふさぎ込んでしまうよりも、ずっといい。

一緒に笑い合うことは、仲間意識を高める最良の方法でもある。新しい職場に入ったときなどは、気の利《き》いたジョークをいくつか飛ばせば新しい同僚たちとすぐ打ち解けられるだろう。私が初めてアメリカに渡ってセリーナのヒッティング・パートナーになったときも、罪のないジョークのかけ合いが二人の仲を深めてくれたものだ。

もちろん、時と場合を心得ることも、肝心。間の抜けたジョークでその場が白けてしまったら、本末転倒だから。

MEMO

タイミングのいいジョークは、ストレスやプレッシャーを和らげてくれる。また共に笑い合うのは、チームにとっても仲間意識を高める最良の方法だ。

45 成功なんか、怖くない

悲しいことに、「成功するのを怖がる人」がすくなからずいる。

ビジネスや学校で好成績をあげるのが、不安らしい。もしあなたもその一人なら、成功してもオタオタしない心がまえを、すぐにでも身につけたほうがいい。社会人として生きていくうえでは何でもそうだが、勝者となり、成功者となって暮らしていくには、ある種の慣れも必要なのだから。

自分を変える最初のステップは、「自分が成功者になるのを不安がっている」、「それでつい自分にブレーキをかけている」という事実に気づくことだろう。

テニスの大試合でも、緊張のあまりパニックに襲われて、どうしていいかわからなくなるプレイヤーがいる。せっかく大きなリードを奪ったのに、突然崩れてしまうプレイヤーはすくなくない。このまま勝つと不慣れな世界に飛びこんでいかなければならないと思って、怖くなるのだ。

急に脚光を浴びて、一段上のステータスに身を置く自信が持てないのだろう。あなたの勝利が確実になると、だれもが勝利のお裾分《すそわ》けを欲しがって、「あなたはすごい」「きっと偉くなる」とほめそやす。チヤホヤする。それがかえってあなたを不安にする。大舞台に立って大観衆を前にすると、身がすくんでしまう。

実際、本命馬になりたくないプレイヤーが大勢いるのはどうしたことか。負け犬のままでいたがるプレイヤーが多いのはなぜなのか。おそらく、本命馬になれば噂《うわさ》の種になり、好奇の眼差しで一挙一動を見守られて、勝つのが当然と思われる。それが耐えられないのだろう。

一流のテニスプレイヤーの中にも、まったく期待されないときのほうが好成績を残す者がいる。本来なら、「自分はテニス界を支配してやる。世界一になってやる。テニスのゲームに革新をもたらしてやる」と考えて当然のプレイヤーが、なるべく目立たないように、振舞う。事実、そのタイププレイヤーは、事前に騒がれたり、優勝候補にあげられたりしないときのほうが、好成績を残すのだ。

自分もなんだかそのタイプだな、と思ったら、自分が必ず勝てるようなゲームで、勝利者、成功者になることに慣れるといい。どんなゲームでもいい。友人相手のトランプやビデオゲームでも。家族と遊ぶボードゲームでも。要は成功することに慣れること。そして、「なんだ、勝利者になるって、想像していたほど気重じゃないじゃないか」と実感すること。それはきっと、今後の実生活でも役立つと思う。

なおみは、出会った当初から、勝つことを怖がってはいなかった。怖がるどころか、勝ちたくてウズウズしていた。敗北の味より勝利の味のほうがずっと好きだったのである。

MEMO

もしかするとあなたは成功を怖がっていないだろうか？　そのせいで知らず知らず自分にブレーキをかけていないか。そのことを認識すれば世界が変わる。まずは必ず勝てるゲームを何度もやって、成功に慣れ親しもう。

46

「勝ちたい気持ち」が強すぎるときの処方せん

勝ちたい願望が強すぎるときも、注意が肝心。

達成願望が強すぎるために自滅した一流テニスプレイヤーやエリート・アスリートの例は何度も見てきた。

有能なビジネスパーソンにしても、例外ではない。なおみも、勝ちたい思いが強すぎたために、全米オープンの最初の数試合はしんどいものになった。だから私はこうアドバイスしたのである。

「あんまり勝ちたい、勝ちたい、と思いすぎると、気がのらないときより弊害が多いよ」

何かをあまりに強烈に欲しがると、実力以上に頑張りすぎて、足元をすくわれてしまう。無理を重ねるために、かえって実力を発揮できないのだ。結果よりプロセス、という大切なルールを思いだしてほしい。

テニスコートでそういう局面に立ったときは、やってやるぞ、という気持ちと、無理をするな、という気持ちのバランスをとることだろう。「多少のミスをしたって、最後に勝てばいいのだ」という心のゆとり、とでもいえばいいだろうか。それは、ビジネスの世界で成功を追い求める人たちにとっても同じだと思う。

シンプル・イズ・ベスト。テニスの試合だろうと、他の世界だろうと、プレッシャーのかかったときに考えすぎると、迷ってしまう。自分をそこまで導いてきたのは何だったのか、見失ってしまう。

考えすぎは不安も生む。迷いが生じた結果、判断のミスをしてしまう。プレッシャーのかかったときこそシンプルに考えて、頭をクリアに保ちたい。

何かを欲しがりすぎて判断ミスをしやすくなったら、どうするか？

リラックスして、すこし気を散らすこと、これに尽きる。

なおみにはどう具体的なアドバイスをしたか？

ポイントとポイントのあいだに鼻歌をうたってみたら、と勧めた。もう一つなおみに勧めたのは――頭の中で、ワン、ツーと数えてみること。相手の打ったボールが着地したときに、ワン、と頭の中で言い、それを自分が打ち返したときに、ツー、と数える。

この二つは、入社試験とか、ビジネスのプレゼンテーションのときにも役立つと思う。自分の出番を待つあいだ、頭の中で好きな歌をハミングしてみるといい。

時間を、自分に有利なように使うのも役に立つ。意図的に、万事スローにとり運んで時間をかけると、敵は考えすぎて頭も散漫になる。

ベテランのテニスプレイヤーは、ポイントとポイントのあいだにゆっくり時間をかけて、相手の考えすぎを誘う。ときどきトイレブレークをとる理由の一つもそこにある。用を足すというより、相手にあれこれ考えすぎる時間を与えたいのだ。集中心をとぎらせるために。

MEMO

義務感が先に立つときは、勝ちたい意欲が強すぎるサイン。頭を冷やし、普段の自分をとりもどそう。考えすぎはミスのもとになるので、シンプル・イズ・ベストを徹底。鼻歌で手軽にメンタルのリラックスができる。

47

親子関係を見直してみる

年齢を問わず、人は親とぶつかる。ドアをバシンと閉め、あとで後悔するような捨てゼリフを母親や父親に言い放つのは、若者に限ったことではない。

でも、心に銘記してほしい。それがたとえあなたにとって不満なことでも、ご両親はあなたによかれと思ってするのだ。ときには見当はずれのことを言ったり、余計なちょっかいを出してくることもあるかもしれない。だが、すべてはあなたの役に立ちたい、という情から発している。それと、忘れないでほしい、ご両親を動かしているのは、ひとえにあなたへの愛なのだということを。

くれぐれも、ご両親を邪険《じゃけん》に押しのけず、大切にしてほしい。ご両親と親密な関係を保っていれば、どんな困難にぶつかっても耐えしのぶことができる。あなたの後ろにはいつも、あなたのことをだれよりも大切に思ってくれる人がついているのだから。どん底に突き落とされて、八方ふさがりのときも、あなたは決して孤独ではない。

セリーナとなおみは共に、ご両親の温かい保護と愛情に守られて育った。パパとママの励ましと支えと愛情がなければ、二人共いまの地位は築けなかっただろう。私が組んだもう一人のプレイヤー、キャロライン・ウォズニアッキも、父親のコーチングの下でめざましい成長をとげた。

セリーナの父リチャード——私はいつも「ミスター・ウィリアムズ」と呼んでいた——は、二人の娘、セリーナとビーナスを教えるにあたって、おまえたちにはすごい才能がある、おまえたちみたいな才能の主はめったにいない、とくどいほど言っていたという。二人の娘は一貫して父親と親密な関係を保ちながら成長した。

なおみも、ご両親とは親密な関係を保っていた。コートの内と外で何か問題に突き当たると、なおみはいつも父親の助言を求めた。実際、なおみのお父さんは実に物静かで、温厚な人物なのである。なおみの訴えには、真正面から応じて耳を傾けていた。私はなおみのご両親に心から敬意を抱いている。それは別に、お二人がなおみに私と組むことを勧めてくれたから、という理由からだけではない。

私の父が、真相不明の不可解な自動車事故でこの世を去ったのは、私が15歳のときだった。しかもそれは、父の父——私の祖父——が毒を盛られて死んだ直後のことだった。しかし、そのときまでに父から学んだ教訓を私は忘れたことはなかったし、それはこれからの人生の指針にもなってくれるだろう。

死亡当時セルビアで暮らしていた祖父の身に何が起きたのか、いまに至るもはっきりしたことはわからない。祖父は裕福な人物で、あのまま何事もなければ、二人の息子——私の父と叔父——に一軒のホテルと大きなアパートメントを遺《のこ》してくれるはずだった。父のほうはと言えば、セルビアからドイツにもどる途中、運転していた車がハイウェイの障壁にぶつかって命を落としたのである。だが、その件についても、私の疑念はいまも晴れずにいる。

父は、心臓の手術をした際胸に残った傷跡にさわるので、シートベルトをしたことはなかった。それは確かなのだが、衝突時、血液には多量のアルコールが含まれていて、しかも居眠り運転をしていたと警察は言う。でも、父は酒を飲まない人だったし、車の運転もベテランだった。その場にはブレーキ痕《こん》もなく、衝突直前ブレーキを踏んだときには手遅れだったのだろう、というのが警察の見解だった。

私は父を愛していた。私の家族はとても強い絆で結ばれていたし、いまもそうだ。あれは水曜日だった。いつものように学校から帰ってくると、母が号泣していた。そのとき、父が死んだという耐えがたい事実を知らされたのである。

私は家からとびだした。二日後にテニスのトーナメントが予定されていて、よっぽど棄権しようと思ったのだが、父はそれを望むまいと思った。それに、みんなが泣きくれている家にはいたくなかったということもある。1回戦は勝ったものの、2回戦で敗退した。2週間以上たってから父の遺体が返ってきて、私たち家族は死体の身元確認を求められた。15歳の少年にとっては、つらい体験だった。


当時、セルビアは騒乱のさなかにあった。私はドイツに留まったほうがいいと母には言われた。遺された家族にとっては苦難の時期だったけれど、なんとかみんなで耐えしのいだことを、いまでも誇りに思っている。それは、父が私を鍛えておいてくれたおかげでもあった。

テニスの面白さを教えてくれたのも、父である。

私は4歳にして初めてテニスのラケットを振った。父はプロの経験はなかったけれど、テニスには情熱を燃やしていた。最初の頃の私は、もっぱらコートの後ろでボールを拾《ひろ》っていた。とにかく、コートにいるのが楽しかった。すこし大きくなると父がテニスを教えてくれたのだが、よその国と比べて、セルビア人の父親は万事に厳しいことで有名だ。私も厳しく鍛えられた。それと同時に父は、人生のさまざまな価値についても教えてくれた。勤労意欲の大切さなど、いまでも頭にしみこんでいる。

セリーナとなおみは幼時から両親の手厚い庇護《ひご》を受けたため、多少とも世間知らずの気味がある。あまり失敗をした経験がない。人生を切り拓いていくには失敗の経験が不可欠だが、もちろん、二人の両親は純粋な愛情から二人を庇護したのだろう。

親の過保護とよく言われるが、あなたもそんな不満を抱いたら、独り立ちすることの重要さをそれとなく両親に伝えたらどうだろうか。

両親から学ぶことは多いが、いつまでも、ああしなさい、こうしなさい、と言われるのはたしかに愉快ではない。世間には、子供たちの頭に、各種の教訓をやたらと詰めこもうとする親もいる。子供が成長するうえで何より大事なのは、自分の頭で考えることなのだが。

不満なときは、逆に両親に話しかけるといい。肩の重荷を下ろすのだ。両親と率直に語り合うことで、あなたの心には重荷を下ろしたゆとりが生じる。それが、問題解決の新たなエネルギーを生むにちがいない。ティーンエイジャーの子供たちが両親と話したがらないのは、「本当のことを言うと両親が落胆するだろう」と思うからだ。

そこで、世の父親、母親の方々に提言したい。子供たちの話に、ただ耳を傾けるだけでいい。何か有益な助言をしなければ、と思う必要はない。ただ耳を傾けることだけを心がければ、子供たちはもっと話してくれるようになるだろう。

MEMO

両親を大切に。自分の利益をかえりみずにあなたのことを思ってくれる存在なのだから。干渉がうるさかったら、自分にも自分の頭で考えることが必要と伝える。両親と語り合ってみれば、心には重荷を下ろしたゆとりが生まれるだろう。

48
信頼されたければ、まず先に信頼する

仕事仲間や遊び仲間は、無条件で信頼できる相手に限りたいし、こちらも相手から盲目的に信頼される人間でありたい。

信頼とは努力してかちえるもの。プレイヤーとコーチの関係のみならず、ビジネス上の関係にあっても、信頼をかちえるいちばん手っ取り早い方法は、隠し事をせず真っ正直に交わることだ。

セリーナと組んでいた頃、私の秘密は彼女に筒抜《つつぬ》けだったし、私も彼女の秘密を残らず知っていた。セリーナは私の母よりも詳《くわ》しく、私のことを知っていたほどである。なおみと組むことになったときも、私はすべてあけっぴろげにして、正直に付き合った。それでなおみの信頼をかちえたのだと思う。

肝心なことで隠し立てすれば、信頼の獲得などおぼつかない。他のプレイヤーたちと同じく、なおみとも、私は最初からフランクに付き合うことができた。

結局のところ、人はおのれを信頼してくれる人を信頼する。

仮にあなたがテニスのコーチや、企業のオーナーだとしよう。つまり、リーダーシップをとることが必要不可欠な場合だが、そういうときはあなたのほうから先にプレイヤーや従業員たちに信頼のサインを示したほうがいい。

新たな状況で彼らの信頼を得るには、ゼロからはじめなければならない。他の職場で過去にどんな信頼を得たかは、問題ではない。なおみと初めて組んだとき、彼女は、私が過去にセリーナやビクトリア・アザレンカやキャロライン・ウォズニアッキとどんな関係を築いたか、知らなかったはずである。

なおみにとっても、私を信じることが大切だったはずだ。コーチを信頼できなかったら、常に疑問と闘わなければならないからだ。頭の中では小さな声が問いつづけていただろう。

「フォアハンドは、ほんとにあれでいいのかな？」

私のほうでなおみを信じ切った結果が吉と出たのは、２０１８年の全米オープンの最中だった。なおみは言ったのである。

「試合のない日の練習は20分か30分ぐらいにしたいな」

私としては、もうすこし長く、1時間くらいはつづけて、彼女が本当にボールの感覚をつかむまで、汗を流すくらいまで、つづけてほしかった。だが、なおみは言う。

「大丈夫だよ、ほんのちょっと打つだけで大丈夫だから」

「本当かい？」と私が訊き返すと、大丈夫、とくり返す。そうなったら、なおみを信じるしかない。それは正解だった。あんなに短い練習しかしなかったのに、彼女は勝ちつづけて、結局、最初のグランドスラムを制覇してしまったのだから。

一緒に組みはじめて間もないうちの勝利も、信頼を高めるのに役立つ。なおみと組んでまだ3か月もたたないうちに、彼女はグランドスラムに次ぐ重要なトーナメントであるパリバ・オープンで勝利をおさめた。それがきっかけで、お互いの信頼は急速に深まった。もし新たなビジネス環境で、ごく初期のうちに小さな成功でもおさめられたら、それを最大限に利用して信頼の絆を強めるといい。

相互信頼を築くには長い時間が必要だが、それが壊れるのは一瞬の間だ。いったん壊れたが最後、立て直すのは難しい。信頼が壊れる原因は、たいてい胸にきざした微《かす》かな疑念である。もし何らかの疑いが生じたら、なるべく早くオープンにして、打ち明けてしまったほうがいい。疑念を胸中に抱く時間が長ければ長いほど、信頼が崩れる可能性も大きくなる。

何よりも自分の能力と判断を信じることが肝心だと思う。

「きみは間違ってるよ」と人に言われることがだれにでもあるだろう。そのときこそ自分のしていることに集中して、不退転の決意を固めるべきだと思う。

私が新たなプレイヤーをコーチするときは、コーチとしての自分の能力をあらためて信じなければならない。新しい会社に転職したときとか、昇進して新たな地位に就いたときなどは、自分の能力を再確認して、自分の道をいこう。

以前、ある有名なテニスプレイヤーが、練習用コートでフライフィッシングのロッドをキャストしているのを見たことがある。たぶん、サーブを改良する練習をしていたのだと思う。異様な光景ではあったけれど、それは彼女のサーブの向上に役立ったにちがいない。これは自分に役立つと信じたら、他人の目など忘れて突き進むことが肝心だとつくづく思う。

MEMO

人から信頼される最速の方法は、自分の秘密を相手と共有すること。オープンにしようと努めること以外に特別な工夫はいらない。相手を信頼しなければ、自分も信頼されないのは当たり前。

49

あなたは怖い、だれもが怖い

私は不安を抱いている。なおみだってそうだろう。実は、この世のだれもが不安を抱いているのだ。

「いま自分は不安で胸がしめつけられているな」と感じたとする。「もろもろの心配やパニックですくみあがっているな」と感じたとする。そんなとき、人間という動物はだれしも何かを恐れながら生きているのだ、と考えると気が楽になるはずだ。

名声やお金は、とっさには自分を守ってはくれない。セリーナ・ウィリアムズと長年組んでいた体験から、セリーナもまた常に不安を抱えていたことを私は知っている。コートに立ったときもセリーナは不安を抱えていたし、いまはいまで、自分は母親失格なのではないかと恐れている。

そう、人間だれしも自分なりの恐怖を心に抱えて、孤独な戦いを演じているのだ。私だって例外ではない。自分は有名人ではないから、金持ちではないから、不安とは無縁、などと考えるのはナンセンスだ。なおみだって常日頃、みんなと同じような不安と闘っていた。あなたがだれであろうと、どんな恐れを抱いていようと、不安に駆られれば、みな同じように悩むものなのだ。

何か特定のもの、たとえば蛇だとか高所だとかを、あなたが怖がっていたとする。だからといってあなたは、それを怖がっていない人間より劣っているわけではない。そういう人間だって、何か他のものを怖がっているにちがいないのだから。

大切なのは、こんな恐怖など何でもない、と痩《や》せ我慢しないこと。こんな恐怖はちょっとしたジョーク、ちょっとした気がかりの種にすぎない、などと考えないこと。それは現実逃避に他ならないのだから。

不安を恐れずに直視しよう。そこから打つ手も生まれてくる。

不安というやつは、とても個人的なものだ。だから、よほど信頼できる相手でない限り、自分の抱えている不安について、あまりオープンに、真っ正直に語らないほうがいいと思う。悲しいことに、自分の不安を打ち明けた場合、それを逆手にとられて相手から利用されることも多いからである。でも、私は、あなたにならこの際、喜んで自分の不安を打ち明けよう。

私の不安は、このまま家族を持たずに歳をとっていくことだ。妻や子供を持たないいま、歳をとっていくことが私は怖い。クリスマスイブに、姪《めい》や甥《おい》へのプレゼントは用意しても、自分自身の子供へのプレゼントは用意すべくもない――そんな事態がこの先もつづいていくのが私は怖い。これまでは、世界中を旅してまわることが多かったので、なかなか結婚するチャンスがつかめなかった。けれども、近しい友人たちがみな家庭を持って落ち着き、子供たちと人生をエンジョイしている姿を見ると、この先も自分がずっと一人でいることがとても怖くなってきている。

それから、私は歯医者が怖い。大切な人たちをがっかりさせることが怖い。何より怖かったのは、せっかく私をコーチに選んでくれたなおみを落胆させることだった。

心の自由を得たかったら、自分の抱えている不安と真正面から向き合って、その正体を見据えることだ。それから逃げようとしても、何にもならない。

「リングで相手とグローブを交えたとたん、不安は綿《わた》アメのように消えてしまう」とマイク・タイソンも言っている。真正面から向き合わないと、不安は心の中でどんどんふくれあがってしまう。

不安と真正面から向き合うと、「なんだ、こんなつまらないことだったのか」と気づくことが多い。相手の正体が知れないから、人間はそれを恐れるのである。

正体が知れないままにしておくと、それは心の中で際限なくふくれあがる。日頃の暮らしのあらゆる面に忍びこんでくる。そうなったら、もはや心の自由など得られない。それはいわば、心の中に壁を築いているに等しい。そういう壁は一刻も早くとり除いてしまうに限る。それができれば実にいい気分になり、不安を直視する勇気を持てた自分を誇らしく思えるだろう。

ただ、一つの不安を直視できたからといって、それでもうどんな不安とも無縁になるとは限らない。人生には次なる不安が待っている。結局、人生には不安がつきものなのだが、その内実は歳を重ねるにつれ変わっていく。ただし、どういう不安であれ、それとの付き合い方は向上させていけるはずだ。

テニスプレイヤーならだれでも、歳をとるにつれて、さらなる不安にさいなまれるはず。時の経過とともに、新たな不安も生まれる。アスリートならだれでも、人生のある段階で、自分なりの目標は達成したという自覚を持てるだろう。ところが、目標は尽きることがない。プレイヤーとしてのキャリアが終わりに近づくにつれ、まだやり残したことがあるという焦りが生じる。

だがそれと同時に、不安とうまく対処してきた体験を持つ彼らは、目前の課題に優先順位を設けることができる。それが大事なのだ。より着実な目標を選び、その達成に努力を集中することで、余計な不安を閉めだしてしまう。その結果、不安でがんじがらめになる事態を回避できる。

不安にはポジティブな側面もあることを忘れないように。不安をテコにすれば、達成不可能と思われることも達成できるのだから。私自身、日頃、何か不安が生じるたびに、それをポジティブな力に転化するよう心がけている。

もし疲れたり、今日はしんどいなと思ったりしたら、「ダメだ、こんなことではなおみの足を引っ張ってしまうぞ」とよく自分を奮い立たせた。不安が、その日の達成目標をより際立たせてくれる。大切な人を失望させてしまうのではという不安が原動力となって、私は自分に鞭《むち》を入れ、より高い次元に自分を引きあげることができた。ちょっとした不安を抱くことは、決して悪いことではない。

MEMO

「怖い」という感情はあなたが思うほど悪いものではない。目をそらさず向き合おう。さもないと、それはますます心の中でふくらんでゆく。「怖い」はモチベーションを高める有益なツールですらある。

50
ポジティブな人生はポジティブな仲間がつくってくれる

なおみと知り合って気になったのは、すこし引っ込み思案なところがある点だった。それはぜひ変えたほうがいいな、と事あるごとに助言したのだが、それが実っていれば嬉しい。コートの内でも外でも、ポジティブな思考こそがいい結果を生むのだから。

なおみと組んだ1年余りの間に、私のテニス愛やポジティブな思考が、テニスと取り組むなおみの姿勢に前向きの変化をもたらしてくれていたら、と本当に思う。

どのプレイヤーと練習するときでも、私はコートやジムに現れるとき、暗い表情や態度を決して見せないように心がけた。その日何か個人的事情で気分がふさいでいるときでも、それが表情や態度に決して現れないように努めた。

もしポジティブなメンタルを手に入れたかったら、陽気で前向きな人たちと付き合うに限る。私自身の人生経験から言えるのだが、陰気で万事後ろ向きな人たちと付き合っていると、こちらまで消極的になってしまって、望ましくない方向に引きずられてしまう。あまり気分がのらず、完全燃焼できない生き方をしていると、本来の実力を発揮できないことは言うまでもない。

グラスにほんのちょっぴりしかワインをつごうとしない人々とは、だれも付き合おうとは思わない。いつも陽気な物腰で笑わせてくれ、やる気を起こさせてくれるような、活発で明るい人たち、そういう人たちとこそ人生を共に歩んでいきたい。

2018年全米オープン決勝の前日、私が何より気を使ったのは、明るい口調でなおみに話しかけることだった。そこに至るまで、私はなおみが引っ込み思案を克服して、万事積極的になるよう全力を尽くした。それはある種の洗脳のようなものだったかもしれない。

「きみはやった」

「やれることは全部やったんだ」

「だから負けるはずがない」

ということをくり返し、くり返し、吹きこんだ。決勝前の最後の練習でも、万事やったという明るい充足感でなおみがコートから引き揚《あ》げられるように、はからったつもりだ。

単に勝負におけるメンタルの話だけではない。人生にはどういう落とし穴が待っているかわからない。運悪くそういう穴にはまってしまったとき、何より助かるのは明るく陽気な友人たちが周囲にいることだ。彼らからの積極的な励ましがあれば、立ち直る勇気も湧いてくる。

陽気な友人たちを持つことに加えて、過去の楽しかった思い出の記念品などを身近に置いておくことも役に立つ。私のフロリダの自宅には、全米オープン優勝者のコーチとして授与されたトロフィーのレプリカが飾ってある。それを見るたびに、素晴らしい思い出の数々が甦ってきて、時がたつのを忘れる。

2018年女子テニスツアーの最優秀コーチとして与えられたカップも、やはりそこには置かれている。両方とも、私にとってはかけがえのない宝物だ。

MEMO

充実した人生を送りたければ、陽気で明るい人々と付き合うに限る。人生の落とし穴にはまったとき、立ち直るエネルギーを与えてくれるのは友人。過去の楽しい思い出を甦らせてくれる品々も、大切にしよう。

エピローグ　なおみとの別れ

なんと破天荒な旅路《たびじ》だっただろう。

なおみと私は信じられないような旅を共にした。わずか1年のあいだに、なおみは世界ランク68位から1位にまで駆けあがり、二つのグランドスラムのタイトルまで獲得したのだから。

けれども、なおみとの旅を振り返るとき、頭に浮かぶのは華々しい成功の瞬間ばかりではない。喜び、笑い、負傷、スランプ、そして涙。私たちは悲喜こもごも、あらゆる瞬間を共にした。時は矢のようにすぎ去り、いまは数々のトーナメント、訪れた街、嬉しかったとき、悲しかったときの思い出がぼんやりと甦ってくる。共に歩んだ旅を通じて、私たちが一つの美しい碑《いしぶみ》を刻んだのはたしかだろう。

いま振り返って、後悔することは一つもない。失敗も、難行苦行の数々も、なおみがいまの地位にたどり着くためには避けられないことだったのだから。実際、完璧と言ってもいい1年間だった。

私は愛と情熱をこめ、献身とハードワークを重ねてなおみの成長を手伝った。だから、なおみがなしとげたことを心から誇りに思っている。

ただ、エリート・アスリートと組むテニスコーチくらい足元の脆弱《ぜいじゃく》な仕事はない。アスリートはいつでも一方的に、コーチとのパートナーシップに終止符を打てるのだから。そのことは十分承知していた私だったが、それでもあの日、なおみのエージェントのスチュワートからもらった1本の電話は、寝耳に水だった。私はその電話で、パートナーシップを終わらせたいというなおみの意向を、初めて知らされたのである。


実はその日、それに先立つ数時間前、私はチームの他の面々と共になおみと会っていたのだ。いつも通りのひとときだったから、なおみとの共同作業がこれで終わるなどという予感はこれっぽちも抱かずに、そのときは別れたのだった。

とりわけ悲しいのは、なおみが全豪オープンで二度目のグランドスラムのタイトルを獲得した数日後というタイミングで、その報がもたらされたことだ。私となおみの物語に、果たしてこの終幕は相応しいのだろうか。いまもそういう思いは消えない。

私となおみは、これからまだ何年もパートナーでいられただろうと思う。もちろん、それは私の勝手な思いだが。あと5年は一緒に働いてから、コーチの仕事を辞す——そんな未来を、私は漠然《ばくぜん》と描いていた。そのときまでに、この世界でやりたいことはすべてやり尽くしているだろう、と思っていたからだ。

なおみをコーチするにあたって、手抜きをしたことは一つもない。考えられることは、すべてやってきた。なおみもそれはわかっていると思う。必要なことはすべて、存分にやってきたからこそ、いまも私は安眠できる。しかし、私が何を願い、何を意図しようとも、なおみがボスだという冷厳な事実は変わらないのである。

たかだか1年のあいだに、なんと多くのことがなおみの人生——コートの内と外——に起きたことか。その意味を、あらためて検証すべき事柄もすくなくない。何かが起きる裏には必ず理由がある、というのが私の信念だ。では、私とのパートナーシップを終わらせるというなおみの決断の裏には、どんな理由があったのか。それはまだわからないのだが、いずれ必ず明らかになるだろうと見ている。

面白かったのは、私が見たことも聞いたこともない人々が、今度のなおみの決断に関してソーシャルメディアで展開した途方もない「解説」だった。あまりにも極端なものが多い。

何人かの説に対しては、直接訂正したい誘惑にも駆られたが、やめておいた。そんな行動に出ようものなら火に油を注ぐだけ、とわかりきっていたからだ。なおみと私が別れたのはお金が原因とする、うがった説もあった。が、そんなことは絶対にない。私となおみがお金のことで争ったことなど一度としてなかったと、ここで断言しておく。

この件が日本でも大きな話題になっていることは、耳に入ってきた。事実、日本の報道各社からは何度も電話をもらって、真相を語ってもらえないかという要請《ようせい》を受けた。でも、私は何も語らないことを選んだ。なぜなら、これはなおみの決断であって、真相を語るとしたらなおみのほうが相応しいからである。事情がまだよくわからない私に、何が語れるだろうか？

私となおみくらい親密に協力し合っていた関係に突然終焉《しゅうえん》が訪れると、なんだか強引に仲を引き裂かれたような心地がするものだ。

私は1年のほとんどをなおみと共にすごしていた——なおみと別々だった日は、

2018年にわずか13日しかない。

なおみと共にすごした日々が懐かしく思われるのは当然だろう。なおみの温和な人柄、あの恥じらいをふくんだ笑みや、罪のない皮肉に親しく触れた日々が懐かしい。パームビーチ・ガーデンの自宅から、練習が行われるボカ・ラトンのクリス・エヴァート・アカデミーまで車を飛ばした日々が懐かしい。それよりも何よりも、なおみと何でも率直に語り合えた日々が、いまは愛おしくてたまらない。私は本当になおみが好きなのだ。あんなに素敵な女の子はめったにいないといまでも思っている。


なおみのエージェントからの電話が終わるとすぐ、ジムに行ってバーベルを挙げた。すこし気分が楽になった。すると、なおみがパートナーシップの終わりをソーシャルメディアで告げてから10分もしないうちに、あるテニスプレイヤーから電話がかかってきた。自分のコーチをしてくれないか、というのである。嬉しかった。それは、コーチとしての私の価値が世間で認められている何よりの証拠だったから。それから数日間に、同じようなコーチングの要請の電話を何人ものプレイヤーから受けた。

あのとき本当に救われたのは、テニス界のみならず一般の人たちからも、激励のメッセージを多数いただいたことだった。なおみを押しあげてくれてありがとう、なおみのためにあれだけの犠牲を払ってくれてありがとう。そういう声をかけてくれたファンも、たくさんいた。あのときは本当に嬉しかった。

悲しみはいまも薄れないが、なおみのことは一切恨んでいない。私はなおみの夢の実現のために、全力を尽くした。そのパートナーシップを終わらせるかどうかは、なおみの専権事項なのだから。

もし、万一、なおみからの誘いがあれば、いずれまた彼女と組んでもいいと思っている。私たちの関係はまだ終わってないし、この先また共に手を携《たずさ》える可能性はゼロではないと思うのだ。

過去にも、一度別れたプレイヤーとコーチが再び組んだ実例はいくらでもある。仮にそうなったからといって、なにも不自然なことはない。いま、なおみは別の道を歩んでいる。私もそうだ。

でも、この人生の先にどんなことが待っているか。それはだれにもわからない。未来はひらかれている。

特別公開

サーシャ・バインの2018全米オープン日記

▼8月21日（火）

早朝のフライトでニューヨーク入り。なおみ、お姉さんのまり、それと自分の3人で市内のプロ・ゲーム大会に出かける。規模の大きさにびっくりした。巨大な屋内アリーナ、バークレイズ・センターが満員の盛況だったのだ！　なおみもまりも水を得た魚のように、すっかりゲームに熱中していた。全米オープンの前にこうして楽しむのはいいアイデアだった。ワシントン、モントリオール、シンシナティで3連敗を喫した後味の悪さを、すっかり払拭《ふっしょく》できた。後でチームの面々と夕食。トーナメント開始までの数日間にやっておくべきことを話し合った。

▼8月22日（水）

全米オープン会場での最初の練習。ここは早くも熱気にあふれていて、特別な雰囲気だ。トーナメント開始まで、まだ数日あるのに、早くもピリピリとした緊張感と興奮に満ちている。なおみとの打ち合いはうまくいった。会場到着後初の練習だから、リズムをつかむことと、異なるコートの感触をつかんで、周辺の環境に慣れることに重点を置く。それもうまくいって、よかった。これから、なおみと何回か練習試合をしてくれるプレイヤーを探さないと。今日はわが妹の誕生日。もちろん、ドイツまで駆けつけることはできない。こういう家族行事に参加できないのは、やはり寂しい……。

▼8月23日（木）

なおみはアレクサンドラ・クルニックと、1時間の練習試合。その後、自分と1時間の打ち合い。クルニックとの練習試合は低調だった。なおみはポイントをとろうとしたのに、思い通りにいかず、突然、崩れてしまった。クルニックはタフなプレイヤーだ。過去、グランドスラムでも戦って好成績を残したことがある。なおみが、結果だけに気をとられて自信を失わなければいいのだが。ポイントを失ったからといって、何もかも悪かったわけではない。明日はエリナ・スビトリナと練習試合。こんどはうまくポイントをとれるといいのだが。

▼8月24日（金）

また練習コートにやってきた。今年になって運営スタッフが変わったらしく、ちょっと混乱している。スタジアムよりこの練習コートのほうが、球がすこし速く弾むようだ。スタッフの連中にドーナッツとコーヒーを差し入れて、ご機嫌をとることにしよう。というのも、今日の2回目の練習は屋内コートをあてがわれてしまったから。希望のコートを予約できないなんて、変な話だ。屋外のコートを1時間確保することも難しいなんて。明日はすこし離れたコートを使えるか、試してみよう。安心したのは、今日のなおみの調子がよかったこと。30分の練習試合で、スビトリナを6－1で破ったのだ。スビトリナの予定時間がそこまでだったのは、残念だった。でも、とにかくあのコートを使えただけよかった。屋内コートの練習もうまくいった。スビトリナを破ったささやかな勝利で、なおみの自信が増すといいのだが。いまいちばん欠けているのは、それだから。

▼8月25日（土）

今日は歯の根管治療のため歯医者に寄ったので、練習に30分遅れた。そのあいだ、ヨシ（日本テニス協会のコーチ、吉川真司）が自分の代わりをつとめてくれた。打ち合いをはじめたときは、唇と舌、それに片方の頬の感覚がまだ麻痺《まひ》していた。でも、言い訳はなし、休日もなし！　ただ、練習はうまくいった。全部で2時間だったけれど、コートは熱気にあふれ、チームの士気も高かった。トーナメント開始が近づいたいま、なおみの弱点を矯正《きょうせい》するより、体力の強化にフォーカスしなければ。なおみの士気を高めて、いい気分にさせよう！　来週火曜日の第1戦の相手。ラウラ・シグムンドに決まったことがわかった。

▼8月26日（日）

火曜日の第1戦の開始時刻がわかった。それまでにまだ2日ある。練習コートを確保しておこう。その2日間の練習で、なおみを心身ともに最高の状態にもっていけるだろう。きょうの練習もうまくいった。なおみも気分よく練習していたし、タイミングやリズムもばっちりだ。

▼8月27日（月）

明日の第1戦に備えて、最後の本格的な練習。打ち合いは1時間半つづけた。サーブの練習にも力を入れ、自分とヨシ二人を相手になおみが打ち返す練習もした。ヨシの存在はとても大きい。自分とヨシが並んでいるところに、なおみが打ち返す。コートの全方位に打ち返すことで、気分がよくなってくれたならいいのだが。なおみが無茶をせず、自分のペースを守れば、10戦中8戦はものにできる。なおみ自身もそう思っていてくれるといい。くそ、今夜のディナーの斡《あっ》旋《せん》役は自分だ。チームのみんなで代わりばんこにやっているのだが、自分のときはどうもうまくいかない。最悪のレストランを選んでしまうので、なおみにはいつもからかわれる。

▼8月28日（火）

第1戦。なおみは本領を発揮、6－3、6－2でラウラ・シグムンドを下した。ラウラは奇策を弄《ろう》するプレイヤーで、自信なさげな相手に対しては容赦《ようしゃ》なく襲いかかってくる。意表を衝くショットも打ってくるので、勝ったとしてもあまり後味がよくない。でも、なおみも巧みな試合運びをして、ラウラに付け入る隙を与えなかった。この調子でやっていこう！　試合後、友人のロブと二人で次の練習試合の相手を探しにいった。

▼8月29日（水）

今日は試合がなく、45分に限って打ち合いの練習をした。またまた、なおみ対ヨシと自分。サーブとリターンにも磨きをかけて、ポイントをとる練習。なおみは日ごとに調子を上げている。今日はチーム全員気楽にすごし、夜はみんなで〈ソバ・トット〉で夕食。だれもが明日に備えて闘志を燃やしている。

▼8月30日（木）

第2戦。またしてもなおみ、本領を発揮。ウォームアップはグランドスタンド・コートで行ったのだが、それがすごく効いた。なおみはユリア・グルシュコを6－2、6－0で破った。ユリアは前の試合での足の負傷を引きずっていたらしい。正直言って、それがなくとも結果は変わらなかっただろう。なおみのサーブは素晴らしく、終始自分のペースを守った。いつ攻勢に転じるか、いつ相手を走らせるか、なおみは正確にわきまえていた。素晴らしい試合だった。第1セットの後は、観覧席にいても安心して見ていられた。みんな、ヤンキー・スタジアムに野球を観にいっている。自分は日中の練習コートで体が重かったし、歯の治療でまだ抗生物質を使っている。今夜はおとなしく休息することにしよう。

▼8月31日（金）

今日はみんなですこし寝坊できた。練習コートの予約時間は、正午から1時間。車は午前10時15分に予約してあった。なおみは、打ち合いの練習は30分くらいでいい、と言う。自分はもうすこしやりたかったのだが、なおみはそれくらいで大丈夫と言うのだ。すくなくとも、45分はしたかった。でも、なおみは、30分で本当に大丈夫、と言う。それで、明日のアリャクサンドラ・サスノビッチに十分太刀打《たち》ちできると。そこまで言うなら、なおみを信頼するしかない。明日の試合を勝ちたがっているのは、だれよりもなおみ本人なのだから。で、打ち合いは30分にとどめた。

▼9月1日（土）

第3戦。なんて素晴らしいパフォーマンス。アリャクサンドラ・サスノビッチに対して、6－0、6－0の完勝。それよりも、ポイントとポイントのあいだ、終始プレッシャーをかけつづけていられたのがすごかった。急に失速することもなかったし、メンタルなタイムアウトをとることもなかった。なおみはときどき、2分間に3、4回、ときには5回くらいショットをミスすることもあるのだが、それもなかった。与えなくてもいいポイントを、与えることもなかった。本当に、なんというパフォーマンス！　スコアに気をとられず、ポイント、ポイントで競り勝ったのがよかった。4－0、40－ラブ、のスコアだからといって、打ち方が限られるわけではない。

ショットのたびに選択を迫られるのは同じだ。素早くウィナーを決めるか、辛抱強くポイントを狙ってチャンスをつかむか。楽にいこうとすれば、ウィナーなのだが。とにかく、なおみの久々のベストパフォーマンス。それも、最高のタイミングで。どうやら、ビートにのってきたようだ。

▼9月2日（日）

今日も短い練習。でも、短くていい、と言い切ったなおみがちゃんと結果を出した以上、どうしてさからえるだろう？　きょうの打ち合いはほんの20〜30分だった。でも、それでなおみの精神状態がベストなら、言うことはない。明日への準備はできた！　今日はなおみのために、テレビを買ってきた。これで、なおみの好きなプレイステーションをテレビに――ホテルの客室にあるやつではなしに――接続できる。なおみが最高にリラックスできるのはビデオゲームらしい。今日は一日、テニスのことを忘れられたはずだ。ニューヨークにいると、全米オープンを頭から閉めだすなんてまず無理だ。街のどこにでも広告が出ているし。あのビデオゲームは絶好の気晴らしだろう。あれでテニスのことをしばらく忘れられたらいい。

▼9月3日（月）

第4戦。われわれはまだ勝ち残っているぜ、ベイビー！　ルイ・アームストロング・スタジアムでの勝利。なんという勝利、なんという雰囲気だったことか。4戦目なんかの雰囲気ではない、もっと上の雰囲気だった。なおみは、6―3、2―6、6―4でアーニャ・サバレンカを下し、彼女としては初めてのグランドスラム準々決勝に駒を進めた。わおぅ！　正直なところ、ここまでこられると100パーセントは信じていなかった。

第1セットでは素晴らしいプレイ。でも、第2セットは譲《ゆず》ってイーブンとなった。たしかに、サバレンカもすごいテニスをした。脱帽だ。この試合で気に入っているのは、なおみが二つのマッチポイントを迎えた場面、4―5、15―40、でサバレンカのサーブに対し、2度のイージーなフォアハンドのリターンに失敗したときだ。あのときなおみは、ただボールをコートに入れようとしていた。なおみの強さは、そんなところにはない。緊迫した場面では、ベストの自分を出すに限る。なおみの場合、それはアグレッシブなプレイだ。勇気を出して、いまだ、やってやろう、と肚を決める。あのとき、なおみはまさにそうしたのだ。2度目のサーブリターンをパワフルなフォアハンドでダウンザラインに決め、またしてもマッチポイント。このリターンで強いプレッシャーを受けたサバレンカ。次のポイントを絶対にとらなければ、とあせったのだろう、ダブルフォールトを犯してしまった。なおみはよくやった、**最高だぜ！**

知らない間に、自分は涙を流していた。すごい接戦だったから、もしこれを落としたら、立ち直るのが大変だっただろう。なおみも、この試合、何がなんでも勝ちたかったのだ。買ったあのテレビはなおみの客室にセットずみだった。ホテルにもどってくれれば、即、ビデオゲームで遊べたはずだ。ホテルの支配人も、セッティングを手伝ってくれたたし。後で、たまき（なおみの母、環）が、短いビデオを送ってくれた。なおみが客室に入って新しいテレビに気づいた瞬間の反応。**大爆笑！**　なんてキュートなんだ……。

▼9月4日（火）

今日も短い練習。約20分。これまでで最短となった。今日は自分も、それ以上長く打ち合いたくなかった。なおみは昨日の激戦の疲れからかなり回復したらしい。コートではあまり動きまわらなかったから、だるさもとれたはず。ホテルの部屋に終日こもることもなかった。自分はコートに留まって、セリーナの試合を観戦した。その後、ロブとジムでトレーニング。明日への準備は整った。

▼9月5日（水）

第5戦。なおみのプレイの巧みだったこと！　レシヤ・ツレンコはなおみを波にのせないように、のせないように、と努めていた。が、今日のなおみの集中力は半端じゃなく、最初のゲームプランを完璧に実行して、6－1、6－1で完勝した。とにかく、素晴らしい出来。これはアーサー・アッシュ・スタジアムでの最初の試合だったが、最後の試合でもないことはわかりきっている。準々決勝まで勝ちあがれたなんて、本当にエキサイティングだ。マディソン・キーズが相手の明日の試合では、サーブとリターンが焦点になる。相手を防戦に追いこめたほうが勝利を握るだろう。マディソンを相手にして守りに入ってしまったら、まず勝ち目はない。もし明日セリーナのほうも勝てば、決勝でセリーナと対決だ！　それが頭から離れない。

▼9月6日（木）

第6戦。ブレークポイントを13本も握られたのに、ことごとく跳ね返した！　なおみは実に巧妙に、また勇敢に戦って、6－2、6－4の勝利をもぎとった。マディソンを初めて破るのに、全米オープンの準決勝ほどエキサイティングな舞台はなかった！　われわれがアーサー・アッシュ・スタジアムで戦うのは、今日で二度目。でも、セリーナはここまでの試合を全部この舞台で戦っていたし、試合の時間も、なおみとほぼ同時刻だった。なおみのコンディション調整は上々。今日の1戦は、決勝に向けた最良の準備だった。といっても、自分もなおみも、相手のことは十分よく知っているんだが。本当にね！　特になおみは、今年マイアミで一度セリーナを破っているのだから、なおさらだ。

▼9月7日（金）

今夜、すこしでも眠れるといいのだが。いま現在、なおみが何を考えているかは、わからない。たぶん、興奮して、ナーバスになっているにちがいない。とにかく、「チームなおみ」の団結心が乱れませんように。相手がセリーナだろうとだれだろうと、われわれは決勝で負けるためにニューヨークにやってきたんじゃない。なおみについて、一つわかったことがある。何かが欲しいと思ったら、必ずそれを手に入れる、ということだ。たとえ決勝の相手が、**史上最強**のプレイヤーだとしても！　でも、大丈夫。何があろうと、大丈夫だ。果たしてセリーナが24回目のグランドスラム優勝を果たすか、それとも、そのセリーナのおかげでアメリカに渡ってきた自分がコーチについているなおみが勝つか。運命の決戦だ。

▼9月8日（土）

ぼくらはチャンピオンだ!!　今日、あの若い女の子がなしとげたことは、この先いつまでも人々の記憶に残るだろう。自分もその快挙を手伝ったと思うと、誇らしさでいっぱいで、この気持ちをどう言葉に表していいか、わからない。いま、午前4時25分。ホテルの部屋にいるのだが、この二晩ほど、ほとんど眠っていなかった。いまも鳥肌が立っていて、泣いたり笑ったりしている。こんなに感情にもろい人間では困るのだが。

準決勝の後、母と義父のトマスまでが、クロアチアから応援に駆けつけてくれた。夜を徹して6時間も車で走り、14時間もかかるフライトに飛び乗って、二人はニューヨークまでやってきてくれた。なおみを応援するために。実際、世界中から寄せられた応援の声は、信じられないほどだった。あれほどの愛と熱意をもらえたからこそ、こっちも頑張れたのだ。つい数時間前、あのコートで起きたことの意味は、しばらくたっても完全には理解できないだろう。でも、とにかく、けた外れのことが起きたのはたしかだ。スタンドの観客たちの敵意を一身に浴びながら、なおみはよくぞあれほどの冷静さを保てたものだと思う。あのシーンが映画になったとしても、だれにも理解できないにちがいない。観客が発散していたあれほどの敵意は、いままで目にしたこともない――サッカーの試合でも、ホッケーの試合でも。あまりのすさまじさに、自分も途方に暮れたほどだった。いったい、どうすればいいんだ！　でも、そこがまた、自分がこのスポーツに惚《ほ》れこんでいる理由でもある。いったんコートに立ったら最後、プレイヤーはすべてを自分一人で引き受けなければならない！　あの狂暴なまでの敵意を一身に浴びて。それでも素晴らしいサーブをくり出したなおみ。圧巻のひとことだった。

試合後にいろんな人から訊かれた、あなたはこの決戦に向けて、なおみにどんな準備をさせたの、と。この世には、どんな準備をしようとどうにもならないことがある。そのときになってみないと、自分にどんな力が備わっているか、わからないものだ。そして**なおみには、なんと素晴らしい力が備わっていたことか！**　もちろん、セリーナとの試合に向けて、なおみにはいろいろなことを教えた。でも、敵の強さや弱点を知っただけではどうにもならないことがこの世にはある。なおみは結局、6－2、6－4でセリーナに勝ち、2018年全米オープンのチャンピオンとなった。

みんなで会場を去ったときは、深夜をまわっていた。なおみは疲労困憊《こんぱい》していたせいだろう、われわれと家族の面々が宿泊先のホテルでとることになったディナーには加わらなかった。下に降りてくると、集まったみんなと一人ひとりハグしてから、「疲れたので、わたしはもう寝るから」、と言って部屋に引き揚げていった。

正直なところ、自分はセリーナにも同情している。セリーナだって24度目のグランドスラムを獲得する力は十分に備えているのだから。セリーナがいなかったら、自分はいま、なおみと共にこの場にいることはなかっただろう。今日の試合がどっちに転ぶか。それは神のみぞ知る、だったのだ。いま、わかっているのはただ一つ、家にもどるため、自分がパームビーチ行きの飛行機に乗るまで、きっかり4時間16分しか残っていないということ。それからまた仕事にもどって、月曜日には東京だ。なおみの次の戦いが待っている。

すべてはこうなる運命だったのか……。

感謝の言葉

私にテニスのすべてを教えてくれた父に、感謝したい。その教えがあったればこそ、私はいま、この輝かしい人生の旅路をたどっているのだから。苦しいとき、心が萎えそうなとき、いつも励ましてくれた母にも感謝を。

まだ少年だった私をいつもかばってくれた姉のサンドラ、ここぞというときに私にやる気を起こさせてくれた妹のサスキアにも、あらためて、ありがとう、と言いたい。何かあれば必ず支えになってくれた義父のトマスの存在も、本当に心強かった。

わが友、ベニとシギは、いついかなるときでも電話に応じてくれて、相談にのってくれた。感謝しかない。

私に多くのことを教えてくれたコーチたち、私に働く機会を与えてくれ、良きコーチングとは何かを覚るヒントを多々与えてくれたプレイヤーたちにも、心からの感謝を。いまの私をかくあらしめてくれた人たちは他にもたくさんいて、名前を挙げきれないが、私がいまも、この先も、あなた方に深い謝意を抱きつづけていることはぜひ知っておいてほしい。

本書の完成に至るまで、ライターのマーク・ホジキンソンにもずいぶんお世話になった。最後まで楽しくスムーズに進めることができたのは、マークの謙虚な人柄のせいでもある。彼に代わり得るサポート役は、他に望み得なかっただろう。

Strengthen Your Mind
by Sascha Bajin

心《こころ》を強《つよ》くする

2019年　7月14日　第1刷発行

著者　　サーシャ・バイン
訳者　　高見浩

発行者　　土井尚道
発行所　　株式会社 飛鳥新社
〒101-0003
東京都千代田区一ツ橋2-4-3　光文恒産ビル
電話　　(営業)03-3263-7770 (編集)03-3263-7773
http://www.asukashinsha.co.jp

執筆協力　　Mark Hodgkinson
ブックデザイン　小口翔平+山之口正和(tobufune)
カバー・扉写真　Getty Images
印刷・製本　　中央精版印刷株式会社

ISBN　978-4-86410-697-9

編集担当　矢島和郎